I0649501

www.ingramcontent.com/pod-product-compliance
Lightning Source LLC
Chambersburg PA
CBHW050411030726
47503CB00006B/2129

* 9 7 8 1 7 3 6 1 2 9 1 3 5 *

کارت مردن

۱۸+

عفیفه صهبایی

شناسنامه کتاب

نام کتاب کارت مردن
نویسنده عفیفه صهبائی
جلد و صفحه بندی علی توکلی
تاریخ انتشار جولای۲۰۲۱
محل انتشار کالیفرنیا آمریکا
شماره ISBN ۹۳۸۱۷۳۶۱۲۹۱۳۵
این کتاب بوسیله شرکت چشمه کتاب از انتشارات ماهنامه خدنگ برای چاپ آماده گردیده و در سایت آمازون و چشمه کتاب و ماهنامه خدنگ برای فروش میباشد
برای تهیه این کتاب به منابع زیر مراجعه نمایید
شرکت چشمه کتاب ۹۴۹-۲۶۴-۲۲۰۳
ماهنامه خدنگ ۹۴۹-۲۴۳-۷۹۹۴
شرکت ناشر Ingram Lightning Source
و یا در روی تارنمای آمازون به آدرس زیر کتابهای عفیفه صهبائی مراجعه نمائید

http://www.amazon.com/
Afifeh Sahbaee

کتاب های منتشر شده از این نویسنده

بکرستان	چاپ اول	ایران ۱۳۸۸
	چاپ دوم	آمریکا ۲۰۱۸
تنهائی پندار	چاپ اول	ایران ۱۳۹۲
	چاپ دوم	آمریکا ۲۰۱۸
کارت مردن		آمریکا ۲۰۲۱

بخش اول "

و هرگاه نگاهی به آینده می اندازم ، و خود را آدم پیری می بینم که شاید دچار آلزایمر شده ، و حیران و سرگردان به اطراف می نگرد.، آدمی که انگار در دنیا گم شده است.، آدمی پیر و ناتوان و تنها.

با خودم می‌گویم: ای آدم پیر، تو واقعا با این سن و سال و شرایط سختی که داری ، دیگر از دنیا، و از زندگی، چه می خواهی ...؟!

چه چیزی تو را به اجبار به این زندگی،وصل کرده است ...؟!

و اصلا چرا دنیا دست از سر تو بر نمی دارد ...؟! دیگر از تو آدم پیر و تنها چه چیزی طلب کار است ......؟ چرا تو را رها نمی‌کند تا به خواست خود بمیری......؟!

آیا یک انسان، نمی تواند این حق انتخاب را داشته باشد که در دوران پیری و تنهایی،هر وقت که خودش خواست بمیرد...؟

آیا این خواسته ی زیادی است برای یک انسان ، که بخواهد یک سنی، برای پایان زندگی خود در دوران پیری، داشته باشد....؟!آ

یا برای هر سفری پایانی نیست ....؟

آیا بازنشستگی ،پایان یک عمر کار نیست ....؟

یا شب پایان روز نیست ....؟

آیا خواب پایان یک بیداری طولانی و خسته کننده نیست ...؟

آیا اشکالی دارد ،بطور قانونی،سنی برای پایان عمر انسان در نظر گرفته شود....؟!؟

آیا مثلا،سن هشتاد سالگی ، برای یک عمر زندگی در این دنیا ، پایان خوبی نیست .....؟

اینها افکاریست که سال ها مرا به خود مشغول کرده است ، و به دنبال یافتن راهی هستم ،تا شاید برای خود و کسانی که مثل من می ا ندیشند، قدمی بردارم ..

تا دیگر هیچ دغدغه ی فکری برای رسیدن به دوران پیری ، نداشته باشیم و از سنین جوانی به یک آرامش و امنیت روحی و روانی برسیم.

گاهی پیری ، ترس رسیدن و نزدیک شدن به پیری،ناتوانی و بی پولی ، تنهایی و آلزایمر و هزاران درد بی درمان دیگر مربوط به دوران پیری، چنان مرا می ترساند، که سیل و زلزله و طوفان و جنگ جهانی هم مرا نمی ترساند..

چرا که پیری سراغ همه ی ما می آید.، زن و مرد ، سیاه و سفید ، فقیر و پولدار ، و وقتی هم که آمد، دیگر برای فکر کردن دیر است،مگر اینکه از قبل هر کسی خودش را آماده کرده باشد.

من نمی خواهم مثل خیلی ها دست روی دست بگذارم و منتظر دوران پیری نامعلوم خود بشوم.

نمی خواهم من هم مثل حیوانات که فاقد عقل هستند و بدون اینکه بدانند ،پیر می‌شوند و می میرند....، پیر بشوم و بمیرم.

می خواهم برای زمان و سن مردن خود، حق انتخاب داشته باشم.

مگر نه اینکه ، یکی از علت های برتری انسان نسبت به دیگر موجودات همین حق انتخابی است که دارد.

شاید خیلی ها اهمیتی به این موضوع ندهند و با خود بگویند: چرا باید از دوران جوانی به فکر مردن در دوران پیری باشیم ..،خب بالاخره اگر به پیری رسیدیم ،مثل

همه می میرم دیگر ....،این که دیگر این همه سر و صدا و هیاهو ندارد.......

اما من به شما قول می دهم همین ها اگر از جزئیات ایده ام آگاه شوند خودشان در

صف اولین داوطلبین قرار می گیرند.

حال از شما می پرسم، آیا حاضرید وقتی پیر و ناتوان شدید و از همه بدتر دچار آلزایمر یا سکته ی مغزی یا فلج کل بدن ، دیگران از شما

نگهداری کنند ؟

آیا حاضرید فرزندانتان بیشتر وقت خود را صرف نگهداری و پرستاری از شما کنند و از نظر روحی و جسمی آسیب ببینند......؟

آیا حاضرید فرزندانتان هزینه ی هنگفتی برای پرستاری و نگهداری شما صرف کنند.....؟

آیا حاضرید نوه های کوچک شما ،هر روز و هر روز شاهد زجر کشیدن شما و خستگی و رنج والدین شان باشند؟

و همه ی این ها در صورتی است که اصلا ازدواج کرده و فرزندانی داشته باشید .،

هیچ فکر کرده اید اگر ازدواج نکرده باشید و فرزندی هم نداشته باشید و پس انداز هنگفتی هم برای خرج و مخارج دوران پیری خود ،چه اتفاقی خواهد افتاد.....؟

آیا چشم امیدتان به خدمات دولتی است که همچون یک آدم بینوا از شما حمایت کنند ....؟

آیا وقت آن نرسیده که ما انسان ها برای دوران پیری و تنهایی و زمان ناتوانی جسمی و روحی خود به فکر راه حل ساده تری باشیم که هم به نفع خودمان و هم به نفع اطرافیان مان و هم به نفع دولت و جامعه مان باشد......؟

" بخش بین یک و دو "

گاهی با خود می اندیشم ،آیا برای مردن خود در زمان پیری ،باید از کسی یا کسانی اجازه ی قانونی بگیرم و چرا........؟!

چرا نباید این حق انتخاب را داشته باشم که در زمان پیری و تنهایی، یا در سن بالای هشتاد سالگی، بمانم یا نمانم ، زندگی کنم یا بمیرم.......؟!

آیا این آرزوی محالی است، اگر بخواهم ، بطور قانونی ، خط پایانی برای زندگی ما انسانها ،تعیین شود...؟

خط پایانی ،مثلا در سن هشتاد سالگی، تا هر انسانی پس از رسیدن به آن ، خودش حق انتخاب برای ادامه ی زندگی یا مردن را داشته باشد.

و آیا قانون کمکم خواهد کرد،پس از رسیدن به پیری، اگر بخواهم ،با انتخاب خودم، در آرامش و بدون درد و رنج بمیرم......؟!

" بخش دو "

درست به خاطر دارم زمانی را که گفتگویی طولانی با یکی از دوستانم داشتم ،صحبت مان به آنجا رسید که از او پرسیدم : تو دوست داری وقتی پیر شدی چگونه بمیری ....؟

او با لبخند گفت : خب معلوم است دیگر ،می خواهم مرگی آرام و راحت و بدون درد داشته باشم ، بدون اینکه مدتی طولانی در بستر بیماری زجر بکشم .راستش به قول قدیمی ها می‌خواهم شب بخوابم و صبح دیگر بیدار نشوم.

گفتم: خیلی ها ،این نوع مردن را در زمان پیری و ناتوانی دوست دارند.، پس چرا خودمان دست به کار نشویم و مقدمات این نوع مردن را فراهم نکنیم.....!؟

او گفت : همچین حرف میزنی ،انگار که به همین سادگی هاست.....،

گفتم : از آنچه که تو فکرش را هم می کنی ساده تر است.،شاید قبلا

کسی به آن فکر نکرده و اگر کرده از راهی نادرست وارد شده که قابل پذیرش برای دیگر انسان ها نبوده است.

او گفت : و حالا تو فکر می کنی ،آن راه درست را یافته ای....!؟

گفتم : دقیقا.... ،ایده ی جالبی دارم که می خواهم قبل از اینکه پیر شوم و اختیارم بیفتد دست دیگران تا برای مردن یا زنده ماندنم تصمیم بگیرند،خودم دست به کار شوم.

دوستم که کاملا مشتاق شنیدن شده بود فقط مرا نگاه می کرد و من هم در ادامه گفتم:

همانطور که خیلی از ما "کارت اهدای خون "و" کارت اهدای عضو" داریم، من می خواهم کارت دیگری به اسم" کارت مردن "درست کنم،.این کارتی خواهد بود که هرکس با داشتن آن خواهد توانست، در دوران پیری ، در سن بالای هشتاد سالگی ، یا در زمانی که ،دچار آلزایمر ، یا فلج کامل بدن و یا بیماری یه لاعلاجی شده باشد، و یا اگر حتی فقط پیر و تنها باشد و نخواهد دیگر به زندگی ادامه دهد، این حق انتخاب را داشته باشد که بطور قانونی بمیرد.....به همین راحتی و سادگی.....

دوستم گفت : کمی گیج شده ام ، اما حتی اگر حرفهایت را قبول کنم ، آیا فکر می کنی همه چیز به همین سادگی باشد که تو فکر می کنی.....!؟

گفتم : می دانم ،همیشه برای اجرایی شدن یک نظریه و یک ایده ی جدید باید خیلی مخالفت ها را تحمل کرد، درست مثل زمانی که انسانی گفت ،می توان از خون انسانی برای نجات جان انسان دیگری

استفاده کرد ، عده ی زیادی مخالفت کردند، و همینطور زمانی که پزشکان می خواستند به آدم ها بفهمانند که می توانند اعضای بدن شخصی را که دچار مرگ مغزی شده به دیگران اهدا کنند و پیوند بزنند و جان چندین نفر را از مرگ حتمی نجات دهند ، خیلی ها به شدت مخالفت کردند، و باید زمان زیادی می گذشت تا مردم بپذیرند.، و حتی همانطور که می دانی،هنوز هم ،پس از گذشت سالها،عده ی زیادی هستند که نمی توانند و نمی خواهند، بپذیرند.

و البته هر انسانی ،این حق انتخاب را دارد که خون خود و اعضای بدن خود را به کس دیگری بدهد یا ندهد.

اما نکته ی مهم این است که قانون این حق انتخاب را به ما انسانها داده است و اهدای خون و اهدای عضو، کاری ،کاملا قانونی است .

من هم می خواهم تلاش کنم تا این حق مردن در دوران پیری، در سن بالای هشتاد سالگی، حتی اگر کاملا سالم هم باشیم ،اما فقط نخواهیم به زندگی ادامه دهیم ، را قانونی کنم.

آیا همانطوری که انسان های پیری که می خواهند زندگی کنند ،حق دارند به زندگی ادامه دهند تا بطور طبیعی بمیرند ، و حتی در طولانی کردن عمرشان تلاش زیادی می شود،نباید به دیگرانی که پیر هستند و نمی خواهند زندگی کنند ، این حق انتخاب داده شود تا قانونی ،بمیرند....؟!؟

دوستم گفت: پس تو فکر می کنی در آینده ،مردن در زمان پیری ،بطور قانونی و به درخواست خود شخص اجرایی خواهد شد......!؟حتی اگر آن آدم پیر ،سالم باشد و به هر دلیلی، فقط نخواهد زندگی کند....!

گفتم : آنقدر عادی خواهد شد که دیگر، آدمها فراموش خواهند کرد که قبلا روش دیگری هم برای مردن در دوران پیری وجود داشته است.

بعد در حالی که نمی توانستم جلوی خنده ام را بگیرم، به دوستم گفتم : حتی من حاضرم اگر تا بعد از هشتاد سالگی دارای مغزی سالم و فعال باشم آن را بطور داوطلبانه بدهم تا به کسی که نیاز به پیوند مغز دارد پیوند بزنند.

دوستم در حالی که می خندید گفت :تو دیوانه شده ای.....! در ضمن چه کسی مغز پیر تو را می خواهد.....؟

گفتم : تو می توانی به من بخندی...اما من این را جدی گفتم.، بالاخره باید به زودی انسان ها پیوند مغز را انجام دهند دیگر ،من هم که می خواهم بعد از هشتاد سالگی بمیرم .،خب چه اشکالی دارد از مغز من استفاده کنند.....؟

مثلا در نظر بگیر،جوانی که مرگ مغزی شده و همه ی اعضای داخلی و خارجی بدنش سالم است و فقط نیاز به یک مغز سالم دارد،خب ، آیا نمی توانند از مغز یک انسان هشتاد ساله که سالم است استفاده کنند.....؟

نمی دانم در این صورت به نفع چه کسی می شود؟!، به نفع آن جوان یا آن آدم پیر؟! و آیا اصلا این امکان پذیر است......؟!

و بعد در حالی که لبخند می زدم ،گفتم: اگر امکان پذیر باشد..آن آدم پیر ،دوباره بدنی جوان خواهد داشت و آن جوان بدون زحمت ،مغز و تفکری،پیر و باتجربه خواهد داشت.

نمی دانم،آیا پس از پیوند،آن مغز پیر،با دیدن، بدن جوانی که در اختیار دارد،دوباره جوان خواهد شد و خود را بازسازی خواهد کرد، و یا اینکه آن بدن جوان را وادار به اطاعت از خود خواهد کرد و آن بدن را سریعتر از سن واقعی اش ،پیر و فرسوده خواهد کرد،هم از نظر روحی و هم جسمی......؟

آیا کسی می داند......!؟!

"بخش بین دو و سه "

معمولا هر چند صد سال یکبار در روی زمین اتفاق جدیدی می افتد ،و شاید چاره ای جز پذیرفتن آن نداریم .،چرا که زمان برای آن اتفاق آماده است.فقط مثل ماجرای مرغ و تخم مرغ ، کمی پیچیده است، کسی نمی داند کدام اول بوده است، اول مرغ یا اول تخم مرغ.، و هیچ وقت هم معلوم نمی شود که اول اتفاقی می افتد و بعد مردم آن را می پذیرند یا اول مردم آماده ی پذیرش اتفاقی می شوند و بعد آن اتفاق می افتد....؟!

" بخش سه "

شاید کسی از من بپرسد،آیا تو می توانی، پدربزرگ یا مادربزرگ یا پدر و مادر پیرت را که دچار آلزایمر یا فلج کامل بدن و یا زوال عقل شده اند ،به دست موسساتی بسپاری تا به زندگی شان خاتمه دهند......؟!

آیا تو تا این حد بی رحم هستی......؟!

در جواب باید بگویم : من هرگز این کار را نه برای آنها و نه برای هیچ کس دیگری انجام نخواهم داد.، چرا که من مسئول زندگی دیگران نیستم....،این مهم است و دوباره تکرار می کنم،من مسئول جان دیگران نیستم و فقط برای زندگی خودم تصمیم می گیرم.

و همین فکر غلط بوده که ، تا کنون جلوی اجرایی شدن هر ایده ای برای مردن در دوران پیری را گرفته است.، چرا که همه خواسته اند این ایده را برای دیگران اجرا کنند و بعد، از ترس اینکه مورد لعن و نفرین و یا مورد مخالفت شدید جامعه قرار گیرند ، دست از ادامه ی اجرایی شدن طرح و ایده ی خود برداشته اند.، و کار را متوقف کرده اند.

اما حال من می خواهم این ایده ی مردن در زمان پیری را ، اول برای خودم اجرا کنم و زمینه ی آن را آماده کنم ،تا دیگرانی را که مثل من می اندیشند ،

با ایده ام آشنا کنم. ، بعد این دیگر بستگی به خودشان دارد که بین حق انتخاب برای مردن آگاهانه ی خود ،در زمان پیری و یا مردن تصادفی و بدون برنامه ریزی شده ی خود ،یکی را انتخاب کنند.

و با نهایت تاسف باید بگویم ،وقتی که به زودی موسسه ی خود را بنیانگذاری کنم ،فقط خودم و افراد جوانی که می خواهند برای پیری از قبل برنامه ریزی کنند ،می توانند عضو شوند و "کارت مردن "در زمان پیری دریافت کنند و کسانی که در حال حاضر، پیر و ناتوان هستند ،نخواهند توانست از خدمات این موسسه برخوردار شوند.

و شاید عده ی زیادی در بین افراد پیر باشند که با حسرت به آینده ی آرامش بخشی که ما در پیش رو داریم و از قبل برای خودمان ساخته ایم ،نگاه کنند، اما واقعا کاری برایشان نمی توان کرد.

شاید با خود بگویند،چرا در زمان جوانی یه آنها کسی نبود که با چنین ایده ای،موسسه ای افتتاح کند،تا اکنون آنها هم از این مزیت برخوردار باشند که دیگر بیش از این درد و رنج نکشند و روز ها و هفته ها و ماه ها در انتظار آینده ی نامعلوم خود نباشند......؟

کسی نمی داند،چرا انسانها همیشه آنقدر صبر می کنند تا دردی از راه برسد و بعد به فکر درمانش باشند و چرا از قبل، کمی از این عقل خود، برای پیشگیری از درد ها و مشکلاتی که می توانند جلویش را بگیرند استفاده نمی کنند....؟

و چرا ، گاه عده ای هم که می‌بینند کسی می خواهد،به خود و دیگران کمک کند ،جلوی پایش سنگ می اندازند و مانع اش می شوند....!؟

آیا ترس پیری و راه پیشگیری و رسیدن به آرامش،آنقدر مهم نیست که کسی هرچه زودتر به فکر راه حلی ، برایش باشد.......!؟

بخش بین سه و چهار "

من به زندگی حیوانات علاقه‌ی فراوانی داشته و دارم، و همیشه با خود می گویم ،چه زندگی یه راحتی دارند.. بطور غریزی زندگی می کنند ، می خورند و می خوابند و بچه دار می‌شوند و می میرند ،بدون اینکه بدانند و بتوانند تغییری در سرنوشت خود بدهند و یا هیچ ترسی از آینده داشته باشند.،چرا که دید آنها فقط محدود به حال و لحظه است.، نه گذشته را می‌بینند و نه آینده را.،

اما ما انسانها ، به دلیل عقل و اندیشه ای که داریم ،نمی توانیم منتظر بمانیم تا همه‌ی اتفاقات به طور طبیعی ،بدون اینکه ما تغییری در آنها ایجاد کنیم ،اتفاق بیفتد.،

ما گذشته را می‌بینیم و انسانهای پیری را که با درد و رنج و تنهایی از دنیا رفته اند و آینده ی خود را هم می بینیم که شاید یکی از همان پیرهای ناتوان و تنها باشیم ،و نمی توانیم،دست روی دست بگذاریم،تا پیری از راه برسد و ما را هم همچون مردابی، آهسته آهسته، در خود فرو ببرد.

ما با قدرت اندیشیدن ، حق انتخاب و ایجاد تغییرات ، زندگی خود را از موجودات دیگر جدا می کنیم و تا آنجایی که بتوانیم خود اختیار زندگی و آینده ی خود را در دست می گیریم.

" بخش چهار "

داشتم به این موضوع فکر می کردم زمانی که مجوز احداث موسسه ی خود را بگیرم ،بهتر است چه نامی برای آن انتخاب کنم.

می خواهم اسمی باشد که حس خوبی به من و مراجعه کنندگان بدهد.

نمی دانم، شاید ،"ایستگاه آخر " یا " دیدار آخر" یا " آخرین خانه "........، خوب باشد.،

اما نه.....،"آخرین "و" آخر" .....،حس خوبی ندارد.، حس بازنده بودن ، حس غم و اندوه و حس خداحافظی و وداع را، در خودش دارد.

خب ،شاید ، " جشن مرگ " یا " آهنگ مرگ " یا رقص مرگ " ......

نه.... ، شاید مرگ در زمان پیری و ناتوانی از نظر منطقی خوب باشد اما از نظر احساسی غم انگیز است و فکر نکنم این اسامی مناسب باشند.....،نه ...... این ها همه، خیلی بار منفی دارند.

فکر کنم بیشتر آدمها زمانی که می خواهند به یک مسافرت بروند ،مخصوصا اگر از قبل همه ی مقدمات را آماده کرده باشند،خیلی احساس هیجان و نشاط دارند.، شاید بتوانم ازکلمه ی سفر استفاده کنم.

خب....." سفر آرام " یا .... "سفر به ابدیت " یا " سفر به دنیای جدید

حس بهتری نسبت به این اسم ها دارم......

چطور است فعلا اسم "سفر به ابدیت " را برای موسسه ام انتخاب کنم تا بعد.

حال که اسم موسسه ی خود را انتخاب کردم ، باید ببینم که نظر چه کسانی را می توانم برای سرمایه گذاری جلب کنم.

آیا می توانم ،نظر دولت کشوری را جلب کنم......؟

اول ،باید ببینم چه چیزی در درجه ی اول ، برای دولت یک کشور،اهمیت دارد.، آنچه که واضح است ،دولت ها به سود مالی اهمیت زیادی می دهند.

به عنوان مثال ،اکثر دولت ها از دین داران حمایت می کنند......چرا !؟ خب این که معلوم است ..،هر دولتی برای پیشرفت و موفقیت جامعه به مردمانی نیاز دارد که چشم و گوش بسته، گوش به فرمانش باشند و با بیشترین کار و تلاش و دریافت کمترین پول ،بیشترین سود را نصیب دولت کنند.، و چه کسانی بهتر از مردم دین دار که چشم به دنیا ندارند و بیشتر به فکر دنیای پس از مرگ خود هستند.

حال با خود بیندیشید که اگر دولتی ، پذیرای اجرایی شدن این طرح باشد ،چه سود سرشاری نصیب اش خواهد شد...،با توجه به اینکه در آینده عده ی زیادی از آدمهای پیر خواهان این نوع مردن خواهند شد.

اول از همه حقوق ماهیانه و هزینه های سنگین ،عده ی زیادی از افراد پیر که داوطلبانه خواهان مرگ خود هستند، حذف خواهد شد.

دوم، دیگر نیازی به بیمارستان ها و موسسات فراوانی که با هزینه های بسیاربالا، اداره می شوند،نخواهد بود.

و همینطور ،هزینه ی هنگفت دکترها و پرستارها و داروهایی که برای نگهداری و طولانی تر کردن عمر افراد پیر در نظر گرفته شده است.

و آنگاه ،دولت با کم کردن این هزینه ها ،خواهد توانست این پول را در جای دیگری خرج کند که به نفع همه ی جامعه باشد.

حذف هزینه از جایی که ،عده ای خود داوطلبانه خواهان حذف آن هستند و صرف آن در جایی دیگر که واقعا عده ای به آن نیاز دارند.

مثلا برای نوجوانان، که تقریبا قشر فراموش شده ی جامعه هستند،و به حال خود رها شده اند.، آنهایی که نیاز دارند تا دولت برایشان امکانات رفاهی و تفریحی و علمی و ورزشی وفنی ارزان قیمت بیشتری فراهم کند.امکاناتی که به نظر من در حال حاضر در جامعه در حد صفر است، متاسفانه حتی در جوامع پیشرفته ....

و من مطمئن هستم ، نه من و نه کسانی که مثل من می اندیشند راضی نخواهیم بود که سن پیری و ناتوانی خود را با صرف هزینه های فراوان، طولانی تر کنیم در صورتی که نوجوانان جامعه مان از حداقل امکانات

بهره مند باشند.

آیا من که خود از زمان جوانی خواسته ام در زمان پیری و ناتوانی خود بمیرم ،باید بمانم ....!؟

و آنگاه نوجوانی در این جامعه فقط به دلیل کمبود مالی و امکانات تفریحی و رفاهی دست به خودکشی بزند.....؟

حال آیا قانون نمی تواند از من و دیگرانی که مثل من می اندیشند حمایت کند ....؟

آیا مگر نه اینکه قانون ساخته ی ما انسان هاست برای آرامش و رفاه حال ما انسانها.....؟!!؟

" بخش بین چهار و پنج "

نوجوانان زیادی را دیده ام که فقط برای داشتن لحظاتی شاد و سرگرم کننده به تفریحات ارزان قیمت روی آورده اند و وارد جشن ها و مهمانی هایی شده اند که در آن با نوشیدن الکل و مصرف مواد مخدر و قرص های گوناگون ،گاه جان خود را از دست داده اند.

حال چه کسی جوابگوی از بین رفتن این سرمایه های ارزشمند جامعه خواهد بود........؟

گاه با خود می اندیشم آیا فقط نوجوانانی که والدینی پولدار دارند ،حق استفاده از امکانات رفاهی ،ورزشی ،علمی و هنری یک جامعه را دارند.....!؟

آیا وقتش نرسیده است که دولت و قانون با صرفه جویی و حذف هزینه هایی که قرار است برای نگهداری اجباری یه افراد پیری مثل من و کسانی که مثل من می اندیشند، شود، به نوجوانان ،امید زندگی دهد و رفاه و شادی بیشتری در جامعه برایشان فراهم کند....، و همچنین موسسه ها و کلینیک های رایگان بیشتری برای مشاوره های روانشناسی ،برایشان تاسیس کند...؟

اگر همیشه مردم از دولت حمایت می‌کنند ، دولت هم باید از مردم

حمایت کند. ، نمی تواند خودش را کنار بکشد و تمام مسئولیت برای کنترل و حمایت از نوجوانان را بر عهده ی والدین بگذارد، والدینی که خود در جوامع امروزی ،به شدت درگیر کار

و کار و کار هستند و ناخواسته ،گاه از نوجوانان خود غفلت می کنند،نوجوانانی که نیاز به توجه صد در صد دارند ،و این امکان پذیر نیست مگر اینکه دولت و والدین با هم این قشر از جامعه را کنترل و حمایت کنند،قشری که زیر بنای ساخت یک جامعه ی پیشرفته در آینده خواهند بود.

" بخش پنج "

شاید عده‌ای بپرسند ،اگر کسی بخواهد در پیری به خواست خود بمیرد ،آیا این نوعی ،خودکشی به حساب نمی آید....؟

باید در جواب بگویم، شاید اینطور به نظر برسد،اما این فقط صورت ظاهر قضیه است ، در واقع گاهی برای حفظ یک جامعه و آرامش روحی و جسمی یک انسان و انسان های دیگر ، ضرورت ایجاب می کند که انسانها و جامعه ،تسلیم خواسته ای شوند،هر چند که گاه غیر معمول به نظر برسد.

مگر نه اینکه در زمان جنگ بین دو کشور،گاه سرباز ها دست به عملیات خطر آفرینی میزنند وجانشان را از دست میدهند برای حفظ جان هموطنان خود.، آیا این، نوعی خودکشی نیست.......؟

آیا کسانی که در معادن کار می کنند،و یا آنهایی که با مواد رادیواکتیو کار می کنند ، به نوعی دست به خودکشی نزده اند......؟

و آیا پرواز با کایت ،رانندگی در اتوبان ها ،با سرعت بالا و گاه در حالت مستی ، مصرف مواد مخدر ،خوردن شیرینی ها و غذاهای پر چرب و حتی نفس کشیدن در هوای آلوده و دود زده ی شهرهای شلوغ و پرجمعیت ،همه و همه ، نوعی از خودکشی نیست.....؟

همانطور که می بینیم همه به نوعی در حال خودکشی هستیم ،چه خودمان بدانیم و چه ندانیم.!

شاید فقط آنقدر نرم و آهسته و بی صداست که خودمان هم خبر نداریم........

نمی دانم، شاید هم اگر خیلی آرام و در زمانی طولانی بمیریم ، این دیگر خودکشی به حساب نمی آید.......!؟

پس آیا مردن سریع ، فقط خودکشی به حساب می آید......؟ !

پس تصادف نوعی خودکشی است ...؟! اما نه ،تصادف سریع است اما ما خود از آن خبر نداریم.، پس اگر در حال مردن باشیم و خودمان بی خبر باشیم ،این خودکشی نیست،اما اگر بدانیم و دیگران هم بدانند، این خودکشی به حساب می آید.

حال که خوب فکر میکنم می بینم ،آیا کسی در این دوره و زمانه به مرگ طبیعی هم، میمیرد......؟

چرا که دیگر ،انسانها بیشتر چیزها را از حالت طبیعی خارج کرده و به شکل غیر طبیعی در آورده اند.

دیگر از آن جنگلی که انسان ها در آن بطور طبیعی زندگی می کردند، می خوردند و می خوابیدند ، زاد و ولد می کردند و می مردند ، خبری نیست.

حال آیا در این دنیای غیر طبیعی ،ساخت بشر ،مرگ طبیعی در دوران پیری معنایی خواهد داشت.....؟

حال ....، آیا من اجازه دارم در این دنیای غیر طبیعی ،در دوران پیری خود ،مرگی غیر طبیعی داشته باشم ،هرچند که عده ای بر آن اسم خودکشی بگذارند ......؟!

" بخش بین پنج و شش "

نمیدانم در جایی خوانده بودم یا شنیده بودم که دانشمندان می خواهند برای از بین بردن یک تومور بدخیم سرطانی ،آن را وادار به خودکشی کنند و در این صورت دیگر به بافت ها و اندام های سالم بدن آسیبی وارد نخواهد شد.

حال حتی اگر این مطلب در حد یک فرضیه هم باشد برایم بسیار جالب است،چراکه اگر فرض کنیم من هم در زمان پیری و ناتوانی و زوال عقل به یک تومور سرطانی تبدیل شوم ، آیا مردن خود خواسته ی من ،به نوعی کمک به خودم و اطرافیانم نخواهد بود ،حتی اگر عده ای آنرا خودکشی بنامند....؟

" بخش شش "

دیروز در شرکت مان در سالنی دور هم جمع شده بودیم و داشتیم به
صحبت های خانمی که از طرف شرکت بیمه آمده بود، گوش می کردیم.،
او داشت از مزایای شرکت بیمه شان می گفت.،همه کمی نگران به او
چشم دوخته بودیم.

او خانم دورگه ی نسبتا زیبایی بود که در حال صحبت ، لبخند بزرگی
بر لب داشت که می توانستیم تمام دندانهای بیش از حد سفید ش
را ببینیم، و همین سفیدی غیر عادی ،نشان دهنده ی دندان های
مصنوعی او بود و انگار طبق مد روز وظیفه داشت همه ی آنها را به
ما نشان دهد .

آخر نمی شود که همیشه و در همه حال لبخند به لب داشت.!!

چهره ی یک انسان باید در حین صحبت ،حالات مختلفی به خود بگیرد
،با توجه به موضوعی که درباره ی آن صحبت می کند.،این خانم داشت
در رابطه با بیمه ی بیماری، بیمارستان ،تصادف و مرگ، و هزینه های
سرسام آور آن صحبت می کرد و همچنان لبخند بزرگی در صورتش
نمایان بود.، آیا نمی فهمید که این موضوع خنده داری نیست.....؟!

او داشت، همچنان با لبخند بزرگ خود، از مزایای بیمه های مختلف

می گفت،بیمه برای خود شخص ،بیمه ی همسر و بیمه ی خانواده و انواع بیمه ها و قیمت ها که داشت به طور سرسام آوری بالا و بالاتر می رفت و هرچه ماهانه پول بیشتری پرداخت می کردیم می توانستیم در آینده از خدمات بیشتر و بهتری برای ویزیت دکتر ،آمبولانس،تصادف، جراحی و بیمارستان و.....برخوردار شویم.

با خودم گفتم ،دیگر دارد قیمت ها نسبت به حقوق دریافتی ما، بیش از حد بالا میرود.....!

نگاهی به اطرافم انداختم و دیدم که چهره ها نگران و نگران تر می شود و گاهی چند نفری آهی از اعماق دل می کشیدند .

در بین ما از سنین مختلف بودند ، چهره ی آنهایی که پیر تر بودند نگران تر به نظرمی رسید، چرا که جوان ها شاید نیاز زیادی به داشتن بیمه های گرانقیمت نداشتند و با داشتن ارزانترین بیمه ها کارشان راه می افتاد.،اما جالب اینجاست که هزینه ی ماهیانه ی پایین ترین بیمه ها هم بسیار بالا بود.

و آن خانم با همان لبخند بزرگ، تمام نشدنی اش ،همچنان به صحبت اش ادامه می داد.....

من که دیگر از شنیدن حرف هایش بی حوصله شده بودم ،سرم را به زیر انداختم و در اندیشه ی خود فرو رفتم.

پس با این قیمت ها بهتر است که مواظب باشیم اصلا مریض نشویم و قدم از قدم بر نداریم ،مبادا که آسیب ببینیم، و فقط یک راه برای مان باقی می ماند که ،یک مرتبه و ناگهانی بمیریم......!

بعد با خودم گفتم ،آیا زمانی که من هم موسسه ی" سفر به ابدیت" خود را تاسیس کنم ، آیا کسانی را برای تبلیغ به شرکت های گوناگون خواهم فرستاد...؟

آیا در آن زمان مردم با اشتیاق و شادی به آنها گوش خواهند داد یا با نگرانی......؟

آیا خوشحال نخواهند بود که جایی وجود دارد که با عضویت در آن، دیگر نگران هزینه های دوران پیری خود نخواهند بود.....؟

آیا خوشحال نخواهند بود که سرمایه ی خود را که طی سال ها زحمت و تلاش برای خود اندوخته اند ،بدون اینکه بی دلیل خرج داروها ،دکتر ها ،بیمارستان ها و پرستار ها کنند ،می توانند برای فرزندان شان باقی بگذارند......؟

آیا ارزش ندارد اکنون که جوان هستیم ،با دریافت "کارت مردن"، و دادن مبلغ اندکی به موسسه ی" سفر به ابدیت "،بطور ماهیانه ،دیگر نگران دوران پیری خود نباشیم......؟

آیا این پایانی دلپذیر ،برای کسی که عمری زندگی کرده و به پیری

رسیده است، نخواهد بود....؟

وقتی از اندیشه ی طولانی خود بیرون آمدم و نگاهی دیگر به اطرافم انداختم،هنوز،همه در سکوت به حرف های آن خانم گوش می کردند در حالی که بجز آن خانم در چهره ی هیچ کس دیگری، اثری از لبخند دیده نمی شد.

شاید لبخندی بر لب های من هم دیده می شد،اما لبخند غم انگیزی برای خود و دیگر همکارانم که می دیدم هیچ راهی نداریم جز انتخاب اجباری، نوعی از آن بیمه که مناسب سن و وضعیت جسمی و روحی مان باشد.

یک جور حس گیر افتادن به من دست داده بود، گیر افتادن در یک مرداب ،که نمی توانستم هیچ حرکتی به هیچ جهتی داشته باشم،فقط می توانستم به شاخه ای روی سطح مرداب چنگ بزنم که در سطح بمانم و نمیرم.

شاید زمانی که بیماری و بدبختی از راه برسد دیگر برای کسی اهمیت نخواهد داشت که برای نجات جان

خودش و یا عزیزش چه هزینه ی هنگفتی پرداخت کند، حال دیگر مهم نیست که بیمه اش آن را پوشش دهد یا نه.....،او مجبور است که تمام پس انداز خود را مصرف کند.

البته من واقعا منکر خدمات بیمه ها نیستم که گاهی واقعا برای هرکسی، یک امنیت روحی و روانی و ذهنی به همراه دارند،اما واقعا چرا اینقدر گران هستند، نسبت به خدماتی که می دهند......!؟

انگار هیچ حس بشر دوستانه ای در آن دیده نمیشود، و جز پول ،پول و پول.......به چیز دیگری نمی اندیشند.

شاید باید ،زمانی که موسسه ی "سفر به ابدیت "را افتتاح کردم، مراقب باشم تا هزینه ی سنگینی بر دوش مردم نگذارم.،

البته اگر من اختیار کامل موسسه ام رو داشته باشم....!،

شاید باید تلاش کنم ،که این موسسه فقط دولتی باشد نه خصوصی.، اما چقدر من این قدرت را خواهم داشت که در آینده ،جلوی موسسات خصوصی را که با اسم های گوناگون در این زمینه فعالیت خواهند داشت را بگیرم.....، واقعا نمی دانم.

" **بخش بین شش و هفت** "

شاید در آینده هزینه ی دیگری هم بر هزینه های ماهیانه اضافه شود و آن هزینه ی داشتن " کارت مردن" برای دوران پیری است.، مطمئن هستم، همین مسئله ی مردن در دوران پیری،که الان ،فقط تعداد کمی از آدم ها به آن می اندیشند و عده ی انگشت شماری هم برای آن برنامه ریزی می‌کنند، در آینده به یک امر عادی ،برای هرکسی تبدیل خواهد شد

" بخش هفت "

هر وقت که در جمعی قرار می گیرم که فرصت را مناسب می بینم،خیلی ماهرانه سر صحبت را باز می کنم و بحث را به تنهایی دوران پیری و بیماری های لاعلاج ، و طرح خودم در مورد "کارت مردن" ، موسسه ی "سفر به ابدیت"،حق انتخاب مردن در دوران پیری و....،می کشانم.،می خواهم نظرات موافق و مخالف را بدانم .،

در یکی از همین جمع ها بودم که ،یکی پرسید: آیا آن کسی که قرار است،مثلا مسئول تزریق یک مسکن آرامبخش قوی و مرگ آور، به یک انسان پیر باشد، آیا به نوعی قاتل به حساب نمی آید.......؟

نگاهی به او کردم و در جواب گفتم: بستگی دارد از چه زاویه ای به آن نگاه کنیم....

گفت : منظورت چیست...!؟

گفتم : زمانی که فردی محکوم به اعدام می شود،آیا آن کسی که حکم اعدام را اجرا می کند ،قاتل به حساب می آید.....؟

آیا در زمان جنگ، سربازی که سرباز دشمن را میکشد ،آیا آن سرباز قاتل به حساب می آید....؟

در حالی که در دو مورد بالا، خود آن کشته شدگان هم نمی خواستند بمیرند.، در صورتی که، من از قبل ،با دریافت " کارت مردن " ، در دوران جوانی و زمانی که از سلامت کامل عقل برخودار بوده ام ،آمادگی خودم را برای مردن بعد از سن هشتاد سالگی یا در زمان پیری و ناتوانی اعلام کرده بودم.

حال اگر در این بین، شخصی با عشق به من و حق و حقوق من ،فقط کارش را به خوبی انجام دهد ،آیا از نظر اجتماع و شما قاتل به حساب می آید......؟

می‌بینید، این هم یک شغل است مثل شغل های دیگر .، شخصی دارد فقط وظیفه اش را انجام می دهد.، حال اگر از او تقدیر نمی شود ،درست نیست که قاتل نامیده شود. بعد با لحن شوخی گفتم: البته اگر همه چیز به خوبی پیش برود و من بتوانم مجوز قانونی خود را برای تاسیس موسسه ی "سفر به ابدیت "بگیرم ،آنوقت اگر مردم مشکل بزرگی با این مسئله داشته باشند، شاید از یک ربات برای این مسئولیت سنگین استفاده کنم.،دیگر فکر نکنم کسی با" ربات قاتل "مشکلی داشته باشد .....،در ضمن خود ربات هم دچار عذاب وجدان نخواهد شد.

در هر حال من اطمینان دارم ، وقتی که زمان، اجرایی شدن ،طرح مردن در دوران پیری فرابرسد،آنقدر به سرعت پذیرفته خواهد شد، که

مردم فراموش خواهند کرد که در زمان های قدیم انسان های پیر برای مردن، روز شماری می کردند و منتظر می‌شدند، تا "مرگ "خودش از راه برسد.، مرگی که با بیرحمی، خیال آمدن نداشت.،انگار که از زجرکش کردن، انسان های پیر و اطرافیانشان لذت می‌برد.،

اما در آینده ، این انسانهای پیر هستند که با انتخاب زمان مرگ خود، به حکومت دیکتاتوری "مرگ "، پایان خواهند داد.

" بخش بین هفت و هشت "

هنوز چند هفته ای از ،شروع نوشتن، این کتاب نگذشته است که افکاری منفی به سراغم آمده تا دست از نوشتن و اجرای این ایده ام بردارم.

صدایی مدام در ذهنم می گوید: تو چرا می خواهی نظام طبیعت را بهم بزنی......؟

چرا با مرگ سر جنگ داری........؟ چرا می‌خواهی مرگ را تحت اختیار انسان در آوری...؟

چرا نمی‌گذاری، مرگ خودش از راه برسد و در دوران پیری هرکسی را به دلخواه خودش با خود ببرد.،آن هم به سلیقه ی خودش .....؟

چرا می خواهی در دوران پیری و بعد از هشتاد سالگی خودت حق انتخاب مردن خود را داشته باشی.....!!؟ و انسانهای دیگر را هم تشویق به همین حق انتخاب می کنی.....؟

و چراهایی پشت سرهم در ذهنم می آیند و می‌روند و می پرسند و مرا مسخره می کنند.،

می دانم ،گاه ،نیرویی که نمی دانم از کجا سرچشمه می‌گیرد ،می خواهد

مرا از ادامه ی راهم باز دارد،اما این بار، من تصمیم خودم را گرفته ام و راهی را آغاز کرده ام که ،تا رسیدن به نتیجه ی دلخواه ،آن را متوقف نخواهم کرد ، حتی اگر لازم باشد این ایده ام را ، فقط برای خودم ، بطور قانونی به اجرا درآورم.

البته شاید کمی خودخواهانه به نظر برسد، که نخواهم دیگران را در این راه،با خود همراه کنم.!

اما آیا من این اجازه را دارم ، که مشوق دیگران باشم ،برای مردن در زمان پیری.....؟!

حتی اگر این حق انتخاب ، قانونی باشد و به انسان این حس را بدهد که می تواند زندگی شادتری در دوران جوانی و میانسالی داشته باشد ، بدون هیچ دغدغه ی فکری و ترس از پیری و تنهایی خود......؟

" بخش هشت "

به یاد روزی افتادم که رفته بودم پمپ بنزین تا بنزین بزنم........

ماشین جلویی من ، به زن و شوهر خیلی پیری تعلق داشت ،که هر دو پیاده شده و مشغول بنزین زدن بودند.

من هم خیلی آرام و بدون عجله به آنها نگاه می کردم.، زن پیر داشت به مرد پیر یاد می داد که چگونه با استفاده از کارت ،بنزین بزند.، حال چرا.......؟! من نمی دانم .، و در واقع این قسمت ماجرا برایم مهم نبود.، چیزی که توجه ی مرا به خود جلب کرده بود،دستان به شدت لرزان پیرمرد بود،که کارت را به سختی در دستگاه وارد می کرد و زمانی که باید آن را با سرعت بیرون می کشید،دستانش می لرزید و دستگاه هم پیام" اشتباه است" ، می داد.

او این کار را چندین بار به آرامی انجام داد ،بدون اینکه موفق شود.

ماشین جلویی آنها رفت و ماشین عقبی من ،با اشاره ، از من پرسید: نمی روی جلوی آنها.....

من هم با اشاره ی دست به او فهماندم ، اگر تو می خواهی می توانی بروی.،و او هم رفت.

ومن هم همچنان محو تماشای آن دو زوج پیر بودم تا ببینم بالاخره چه می شود.

پیرمرد باز هم کارت را وارد کرد و بعد هم با چشمان ضعیف اش به زحمت کد را وارد کرد و دوباره با دستان لرزانش کارت را بیرون کشید.، اما نه ، انگار قرار نبود اتفاقی بیفتد.،نمی دانم آیا کسانی که این مدل دستگاه ها را طراحی می کنند نباید به فکر افراد پیر و کسانی که دستانی لرزان دارند باشند تا این مشکل پیش نیاید.........!!؟

پیر مرد دوباره کارش را تکرار کرد و باز هم مثل قبل بی نتیجه،نمی دانم چه اصراری داشت این کار را خودش انجام دهد ،چرا از ماموری که مسئول پمپ بنزین بود کمک نمی خواست .....!؟

همانطور که به آنها نگاه می کردم ، با خود اندیشیدم ،آیا من حاضرم زمانی که به این سن و سال رسیدم و اینگونه نیازمند کمک دیگران شدم ، باز هم به زندگی خود ادامه دهم.....؟

صدای بوق ماشین پشت سری ام که از من می خواست بروم به پمپ بنزین جلویی آن زوج پیر،مرا به خود آورد و باز هم با اشاره ی دست از او خواستم که او برود جلوی آنها......

بالاخره مامور پمپ بنزین که بوق ماشین توجه اش را جلب کرده بود،به سمت آنها آمد و با احترام مشکل را پرسید و به آنها کمک کرد تا بنزین بزنند.

با خود اندیشیدم، شاید الان بروند کمی خرید کنند و بعد هم به خانه بروند ، و خسته و ناتوان چیزی آماده کنند و بخورند و بعد هم مشتی قرص و دارو......بعد شاید تلویزیون را روشن کنند و چیزی ببینند و با هم حرف بزنند و خاطرات تکراری گذشته را مدام برای هم تکرار کنند، و شاید گوش به زنگ باشند تا اگر فرزندی داشته باشند و یا دوستی با آنها تماس بگیرد و بعد از استراحت روزانه و دردهای دست و پا و کمر و غیره ..، منتظر رسیدن شب باشند که دوباره غذایی بخورند و بعد هم داروهایشان را سر وقت مصرف کنند و با بی خوابی به بستر بروند و با درد این پهلو و آن پهلو شوند، تا صبح از راه برسد و دوباره یک روز تکراری و خسته کننده ی دیگر را آغاز کنند.

و اینگونه روزها را شب می کنند و شب ها را روز تا وقت مردنشان فرا برسد و از این زندگی خسته کننده ، خلاص شوند ....

و در واقع این حال و روز ، پیرمردان و پیر زنانی است که از سلامت نسبی برخوردارند و فقط خدا خبر دارد از حال ،پیرانی که به آلزایمر و فلج کل بدن و ناتوانی حرکتی و ذهنی هم دچارند، و فرزند ، همسر و دوستی هم ندارند ونه حتی پولی......

دوباره صدای بوق ماشین عقبی را شنیدم و خواستم باز هم اشاره کنم که برود جلو ،که دیدم دیگر خبری از ماشین آن دو زوج پیر نیست.، آنها رفته بودند.، من هم به آرامی جلو رفتم تا بنزین بزنم.

" بخش بین هشت و نه "(الف)

فکر می کنم هر زمانی که حس کردیم زندگی را زیادی جدی گرفته ایم باید با شوخ طبعی خود کمی به آن بخندیم.،این شد که به این فکر افتادم که از خود بپرسم ،راستی بیشتر مردم دوست دارند در چه فصلی و چه روزی درهفته ، در شب یا روز بمیرند.....

و حتی مردن ما در چه فصل و چه روزی از هفته ، یا شب و روز برای اطرافیانمان مناسب تر است....

من که ترجیح می دهم در یک روز بهاری ،که هوا نه گرم و نه سرد باشد بمیرم .، فکر می کنم که کسانی هم که می خواهند برای تشیع جنازه بیایند راضی خواهند بود .،چرا که مطمئنا از یک روز سرد برفی و یا یک روز، گرم تابستانی بهتر است.

راستش من علاقه ای ندارم اول هفته بمیرم،تازه مردم هفته خود را شروع کرده اند .،

آخر هفته هم که همه می خواهند به جشن و شادی و مهمانی بروند.،

اما وسط هفته فکر کنم زمان خوبی باشد برای مردن.، خودش یک اتفاق جالب است، برای دیگران.! همه به همدیگر خواهند گفت : می دانی چی شده.....؟، فلانی مرده.....!

اما شاید خیلی ها دوست داشته باشند آخر هفته به مراسم ختم کسی

بروند تا مجبور نباشند مرخصی بگیرند.،پس برای مردم آزاری خوب است که وسط هفته ،آن هم در یک روز برفی و سرد بمیریم ،تا ببینیم چه کسانی واقعا ما را دوست داشتند.!

اما در رابطه با اینکه صبح یا ظهر و یا شب بمیریم.،فکر می کنم که صبح مردن خیلی مزخرف است تازه از یک خواب طولانی و عمیق بیدار شده ایم و فکر نکنم دوباره علاقه ای به بخواب رفتن عمیق و ابدی داشته باشیم.،

ظهر چطور است.....؟ مثلا بعد از خوردن یک ناهار خوشمزه.....، فکر کنم یه خواب عمیق ، بد نباشد.

اما چون شنیده‌ام که خیلی ها گفته اند که در دوران پیری دوست دارند که شب بخوابند و صبح دیگر بیدار نشوند.،شاید خوب باشد که در دوران پیری، شبی در آخر هفته ی یک روز بهاری ،به آرامی چشمان خود را ببندیم و دیگر بیدار نشویم.

" بخش بین هشت و نه " (ب)

شاید لازم باشد ،که کمی در مورد این بین بخش ها توضیح بدهم......

راستش گاهی که بخشی را می نویسم و چند روزی می‌گذرد بدون آنکه بخش جدید را شروع کرده باشم،مطلبی و گاه ایده ای به ذهنم می رسد که به نوشته های کتابم مربوط می شود که فکر می کنم باید آنرا در قسمتی از بخش قبل یا حتی بخش های قبل تر بگنجانم،اما دلم نمی خواهد به آن بخش ها برگردم و ساختار آن نوشته ها را تغییر دهم ، چرا که من آن بخش ها و یا قسمتی از آن بخش ها را در یک نشست یک ساعته یا کمی کمتر نوشته ام و نوشته هایم از یک پیوستگی خاصی برخوردار است که نمی خواهم چیزی از آن کم و یا به آن اضافه کنم.،این شد که تصمیم گرفتم ،" بین بخش ها "را به متن کتابم اضافه کنم،که بعد ها گاه این بین بخش ها از یکی به چند تا تبدیل شد، همین شد که این کتاب اینگونه شد.....

" بخش بین هشت و نه " (س)

راستش من برای نوشتن در طول شبانه روز ، فقط می توانم از یک ساعتی که ،در محل کارم برای ناهار دارم ،استفاده کنم و برای تمرکز بیشتر باید در ماشین خود بنویسم، نه در جایی دیگر.....،و در این زمان کوتاه هرچیزی که در رابطه با طرح داستانم به ذهنم برسد، می‌نویسم.

گاهی یک بخش را تمام می کنم و گاه فقط نیمی از یک بخش را و ادامه ی آن را روزی دیگر به پایان می رسانم و گاه هم در سه روز جداگانه.....،حال اگر بخواهیم آن را با کار نقاشی مقایسه کنیم ،اینگونه خواهد بود که انگار نقاش، سه تابلو در سه روز مختلف در یک ساعت مشخص کشیده ،که از کنار هم قرار دادن آن سه تابلو، یک منظره کامل می شود.،درست مثل تابلو های سه قلویی که تازگی ها مد شده و در کنار هم روی دیوار قرار می گیرند و همدیگر را کامل می‌کنند ....

اما چون در سه روز مختلف ، نور و رنگ محیط ، و آب و هوا تغییر کرده است ،شاید فقط در ظاهر ،یک نوع بهم پیوستگی در تابلو ها وجود داشته باشد و در واقع اینطور نباشد.

آیا نوشته های من هم همینطور خواهد بود....... ؟ یعنی شاید فقط در ظاهر به هم پیوسته باشند، اما در واقع نه.....!

" بخش بین هشت و نه " (د)

با خود می اندیشم، آیا کسی تا به حال کتابی در ماشین خود نوشته است ،آن هم بطور روزانه و در یک ساعت مشخص.....!؟

آیا این جالب نیست که اتاق کار نویسنده ای ،ماشین اش باشد.......؟

با خودم فکر می کنم ، اگر روزی به کسی آدرس محل کارم را بدهم و بعد در آن اسم شهر، خیابان و به جای پلاک ساختمان، شماره ی پلاک ماشینم را بدهم، چقدر مضحک و خنده دار خواهد بود.

" بخش نه "

چند روز پیش که در حال قدم زدن در کنار دریاچه ی نزدیک منزل مان بودم، و با علاقه به اطرافم نگاه می کردم.،به دریاچه و مرغابی های روی آن، به کوه هایی که در دور دست دیده می‌شدند و به آدم هایی که تنها ،دوتایی و چندتایی در حال عبور بودند.، پیرمردی را دیدم که در حال حمل صندلی چرخدار پیرزنی بود، که به نظر می رسید همسرش باشد.،

آن دو در کنار دریاچه کمی جلوتر از من ایستادند و من هم قدم هایم را آهسته تر کردم تا به آنها رسیدم و به بهانه ی دیدن مرغابی ها در کنارشان قرار گرفتم و لبخندی به آنها زدم.،پیرمرد جوابم را با لبخندی داد اما پیرزن بدون کوچکترین تغییر حالتی در صورتش ،فقط به جلو چشم دوخته بود.

چند مرغابی که متوجه ی ایستادن ما شدند،به امید اینکه ما می خواهیم به آنها غذا بدهیم به ما نزدیک شدند.

من کمی جلو رفتم و به شوخی گفتم: چیه.....غذا می خواین......!؟

مرغابی ها دور شدند.، من در حالی که لبخند می زدم به پیرمرد نگاه کردم که داشت لبخند دوستانه ای می زد و بعد نگاهی به پیرزن انداختم،دیدم که همچنان بدون عکس العملی دارد به جلو و شاید هم به هیچ کجا نگاه می‌کند.

حس کردم که او نه دریاچه را می بیند و نه مرغابی ها را و نه هیچکس دیگری را.....،بیشتر شبیه گیاهی بود که فقط به کمی نور خورشید ، هوای آزاد و کمی آب نیاز داشت و دیگر هیچ.....

به پیرمرد گفتم: روز زیبایی است....

او در حالی که سرش را به علامت تایید، تکان می داد ،گفت : بله

و بعد با اشاره به پیرزن گفت: همسرم را آوردم تا کمی هوا بخورد.... هرچند که.....

گفتم :خیلی وقت است که مریض هستن ....؟

گفت: یک سالی می شود که سکته ی مغزی کرده و فلج شده و از آن زمان نه بهتر شده و نه بدتر....گاهی ، وقتی که نگاهش می کنم ،او را نمی شناسم.،نگاهش کاملا بی فروغ و نا آشنا شده....

گفتم: می فهمم ،خیلی سخت است .، پدر بزرگ من هم همین شرایط را داشت.

بعد پرسیدم :آیا فرزندی دارید که به شما سر بزند و کمک تان کند.....؟

گفت: فقط یکی ،که آن هم با خانواده ی خود در شهر خیلی دوری زندگی می‌کنند و ما هم نمی توانیم توقع داشته باشیم که زیاد از ما دیدن کنند.

گفتم : پس شما برای پرستاری و نگهداری از همسرتان تنها هستید.....؟

گفت: نه.... ،خانم پرستاری هر روز می آید و کارهای روزانه را برایمان انجام می دهد و می رود.

گفتم: آیا دوستانی دارید که به شما سر بزنند....؟

با لبخند تلخی گفت: بیشتر آنها در همین شرایط هستند ،دارند با بیماری و درد و تنهایی خود سر می کنند و عده ای در خانه ی سالمندان هستند و عده ای در بیمارستان ها بستری هستند و خیلی از آنها هم مرده اند .

او ناگهان سکوت کرد و من غم و درد زیادی را در حرف هایش ،حس کردم .،من هم به احترامش سکوت کردم و لحظه ای به آب دریاچه خیره شدم.

بعد گفتم: بعضی زن و شوهرها ،دوست دارند،زمانی که پیر شدند،مثلا سن بالای هشتاد سالگی،در یک زمان از دنیا بروند، نظر شما چیست.....؟

او گفت: فکر می کنم ،خیلی از آدمها دلشان بخواهد که ،بعد از مدت ها زندگی طولانی،با عشق و علاقه در کنار همسرشان، در زمانی که هردو پیر و ناتوان شدند با هم بمیرند،تا کسی آن دیگری را تنها نگذارد.،می دانی بعد از سال های سال زندگی در کنار هم ،خیلی سخت است که بخواهی به تنهایی باقی عمر خود را سپری کنی. البته که این یک رویاست،برای خیلی ها.......

گفتم : من هم همین اعتقاد دارم و شاید الان غیر ممکن به نظر برسد،اما به زودی در آینده این اتفاق خواهد افتاد،آن هم قانونی....البته اگر من و شما و دیگران بخواهیم.....

او در حالی که لبخند می زد گفت: شاید آن آینده ی رویایی، برای من و همسرم دیگر خیلی دیر باشد،دور و غیر قابل دسترس.....اما من برای دیگران خوشحالم،که دیگر این همه درد و رنج و تنهایی را در دوران پیری تحمل نخواهند کرد.

به همسر او نگاه کردم که در طول صحبت ما بدون کوچکترین حرکتی ،همچنان به جلو خیره شده بود،انگار دنیا واقعا برایش تمام شده بود .....، من هم در حالی که به فکر فرو رفته بودم، در سکوت به دریاچه خیره شدم و تنها وقتی به خود آمدم که آنها رفته بودند و نفهمیدم که آیا جواب خداحافظی یشان را داده بودم یا نه.........؟ ،

چرا که گاه آنقدر عمیقا در قهقرای ذهن خود فرو میروم ،که دنیای بیرون را فراموش می کنم و هیچ صدایی را در اطرافم نمی شنوم.

" بخش بین نه و ده (الف)"

از زمانی که این ایده در ذهنم شکل گرفته است، سال ها می گذرد ،شاید گاهی آن را در زندگی فراموش کرده باشم و بعد دوباره برگشته و به ذهنم فشار آورده که دنبالش را بگیرم.

اما نمی دانم چگونه ایده ام را به دیگران معرفی کنم و برای اجرایی شدنش از آنها کمک بخواهم........؟

اولین بار ایده ام را به صورت داستان کوتاهی در یک مجموعه داستان قرار دادم ، که ناشر کتابم ،از چاپ آن ،در آن مجموعه داستان خودداری کرد، و هیچ وقت هم نفهمیدم چرا.....!؟

اما بعد از سال ها که ایده ام را فراموش کرده بودم ، دوباره برگشته و دیگر قصد ندارد که از ذهنم برود،نمی خواهد آن را در گوشه ای دور، در ذهنم پنهان کنم.،

انگار می خواهد به من بگوید که ، به همین راحتی ها هم نیست که بیایی و ایده ای بکر از دنیا بگیری و هیچ کاری برای اجرایی شدنش نکنی و بروی.، یعنی بمیری......

شاید منظورش این است که ،ایده ای آزاد در فضای بیکران ذهنی ، در حالت غیر فعال وجود داشت که هر انسانی می توانست آن را بردارد و

در ذهن خود پردازش اش کند و آن را فعال و اجرایی کند،حال تو آمده ای آن را شکار کرده ای و در ذهن خودت سالها زندانی اش کرده ای، این پایمال کردن حقوق آن ایده است و باید حتما کاری کنی و اجازه ی پس دادن آن را هم نداری، چون مهلت بازگرداندن آن، سالهاست که به پایان رسیده است.

این شد که نشستم و با خود فکر کردم ،دیگر زمانش رسیده که کاری کنم.

خب ،چه کارهایی می‌توانستم انجام دهم.....؟

می‌توانستم اول ، ایده ام را به ثبت برسانم و بعد به دنبال چند سرمایه گذار بگردم.، اما چگونه و از چه راهی.....؟ ،هیچ تجربه ای در این رابطه نداشتم.

بعد به فکرم رسید که شاید فیلمنامه ای،از ایده ام تهیه کنم،چرا که مردم این زمانه بیشتر عاشق ،دیدن فیلم هستند .. اما از فیلمنامه نویسی هم تجربه ای نداشتم.

شاید می توانستم در جاهای مختلف،برای مردم سخنرانی کنم ، و در رابطه با مزایای ایده ام با آنها دوستانه صحبت کنم.،اما از سخنرانی هم تجربه ای نداشتم.

پس می ماند تنها زمینه ای که در آن مهارت دارم و آن هم نوشتن یک

کتاب است.،هرچند که خیلی ها می گویند دیگر زمانه ی کتاب سر آمده و خوانندگان کتاب کم شده اند،اما باز هم نباید ناامید شد.،

و حتی با اینکه فکر می کنم ،زمانی کسانی می روند سراغ نویسندگی و نوشتن کتاب که دیگر ،تمام راهها به رویشان بسته شده باشد و تنها راه برای نشان دادن افکار و عقایدشان به دیگران و شاید هم، به خودشان، نوشتن یک کتاب باشد.،باز هم می خواهم ، خودم را به نوشتن کتابی وادار کنم.، حتی اگر فکر کنم که از سر ناامیدی ، دست به این کار زده ام.

اما باید چه نوع کتابی بنویسم..........

یک داستان کوتاه ،یک داستان بلند ، یک رمان یا یک کتاب چند جلدی.....؟

آیا خوب است که شخصیت داستانم ، آدم پیری باشد که دچار آلزایمر، یا جنون و یا فلج کامل شده....... و یا فقط انسان پیری،بالای هشتاد سال، که به تنهایی یا در کنار عزیزانش در حال گذراندن زندگی خود با درد و رنج است ......؟

اما آیا واقعا کسی به این نوع داستان ها ،جز ریختن چند قطره اشک در پایان هر داستان ،توجه دیگری خواهد کرد......؟

آیا واقعا اشک ریختن،مشکل میلیونها انسان تنها و پیر را حل خواهد

کرد..... ؟،

همان پیری که به زودی سراغ من و شما هم خواهد آمد ، و اگر دیر بجنبیم ما هم در آینده یکی از همان انسان های پیر و تنها خواهیم بود.

درست به یاد دارم در زمانی دور ، برای مشکلی که داشتم ساعت ها اشک ریختم، اما مشکلم حل نشد.، بعد از آن روز با خودم گفتم اگر مشکلم با اشک ریختن حل می شد، حاضر بودم که روز ها اشک بریزم.،ولی حال که نشد ،دیگر برای مشکلاتم باید راه دیگری بیابم، جز اشک ریختن.

و به این دلیل هم ، نمی‌خواهم کتابی بنویسم که اشک کسی را در بیاورم ، بدون اینکه راه حل اساسی برای مشکل پیری خود و دیگران بیابم.

دیگر از دیدن فیلم ها و خواندن داستان هایی که درد و رنج کشیدن انسان پیری را نشان می دهند و همینطور درد و رنج جسمی و روحی ،اطرافیانشان را ،خسته شده ام و می خواهم واقعا یک کار متفاوت، برای تمام شدن این درد پیری انجام دهم.

شاید بد نباشد که، داستانم را از جایی در آینده شروع کنم، مثلا پانصد سال بعد، و نشان دهم که بیشتر مردم آن زمان ،به انتخاب خود، " کارت مردن " دارند و داشتن این کارت هم مثل داشتن خیلی از کارت های دیگر،مثل " کارت اهدای خون " و کارت اهدای عضو " کاملا

عادی شده است و هر کسی در زمان پیری و تنهایی و نیاز به مردن ،می تواند فقط آمادگی خود را اعلام کند و دیگر بقیه کارها بصورت قانونی ، در موسسات خاصی که برای این کار در نظر گرفته شده ،برایش انجام خواهد شد ،آنقدر عادی خواهد بود که حتی کسی به ذهن اش هم نمی رسد که قبلا انسان های پیر جور دیگری می مردند.....

البته هنوز هم عده ای خواهند بود که دوست خواهند داشت در انتظار مرگ طبیعی بمانند،اما تعدادشان زیاد نخواهد بود.

درست مثل اهدای خون و اهدای عضو که در زمان ما عادی به نظر می رسد و کسی هم تصور نمی کند که در زمان های گذشته، عده ی زیادی از آدمها به دلیل خونریزی می مردند،بدون اینکه کسی جرات کند و فکر کند که می‌تواند از خون کس دیگری برای نجاتشان استفاده کند.

و همینطور کسی تصور نمی کرد که می توان با استفاده از اعضای بدن شخصی که مرگ مغزی شده است،چندین انسان دیگر را از مرگ حتمی نجات داد، و به آنها زندگی دوباره بخشید.شاید فقط این را یک معجزه می دانستند.

هرچند که ، هنوز هم کسانی هستند که علاقه ای به اهدای اعضای بدن خود بعد از مرگ مغزی و اهدای خون خود به دیگران، ندارند،اما تعدادشان زیاد نیست.

که البته همه ی اینها خوب است و هیچ اجباری برای هیچ انسانی

نیست،و هر کس از این حق انتخاب، برخوردار است که خونش و اعضای بدنش و جانش در پیری، را بدهد یا ندهد.

در هر حال ،با خود فکر می کنم که نوشتن یک کتاب برای نشان دادن ایده ام به دیگران ، شروع خوبی باشد.

اما چگونه و به چه سبکی باید بنویسم.........

به یاد سالها پیش می افتم، زمانی که داشتند اولین کتاب داستانم را نقد می کردند.،مجموعه داستان های کوتاهم را.، درست به خاطر دارم پس اینکه یکی از

آن داستانها را به انتخاب خود خواندند،شروع کردند به نقد آن، چنان از هر طرف به داستانم و نوشته ام و در آخر به شخصیت نویسنده ،یعنی خودم ،حمله کردند که من مات و مبهوت فقط در سکوت نگاهشان می کردم.

جالب اینجاست که من خود سالها در این کلاس های نقد داستان شرکت داشتم و بعضی از آنها را می شناختم، کسانی که خودشان هیچ نوشته ای برای عرضه به دیگران نداشتند با آن همه ادعایی که داشتند.......،راستش من فقط لبخند تلخی بر لب داشتم و حس می کردم که، آن نقد خیلی دوستانه نبود و

آنقدر آن جلسه ی نقد بر روی من تاثیر منفی گذاشت که تا مدتها دست

از نوشتن کشیدم.

اما تنها اتفاق خوب آن جلسه ی نقد این بود که، قبل از اینکه با ناراحتی از آنجا خارج شوم،شخصی خودش را به من رساند و گفت:ببخشید ، این شماره ی تلفن من است، اگر دوست داشتید با من تماس بگیرید، و افزود : من در نوشته های شما چیز جالبی دیدم که اگر شما خودتان بدانید و بتوانید از این نیروی نوشتن درونی خود استفاده کنید ،کتاب های بهتری خواهید نوشت .، لطفا با من تماس بگیرید . ،و بعد با تکان سر به نشانه ی خداحافظی ، از من دور شد.

چند هفته ی بعد که کمی آرام شده بودم با او تماس گرفتم .

او گفت: آنطور که من از نوشته های شما متوجه شدم ،شما از اصول نوشتن ، سبک ها ی نگارش آگاه هستید و معلوم است که دوره های داستان نویسی را گذرانده اید و این ها از نوشته هایتان پیداست ،اما مشکل اساسی هم همین است! ،چرا که ،من در نوشته های شما متوجه شدم که قسمت هایی از داستان شما خیلی قوی و قسمت های دیگری از داستانتان کاملا ساختگی و مصنوعی است و این نشان دهنده ی این است که شما خواسته اید ،داستان هایتان را به اجبار آنگونه که آموخته اید ، بنویسید .، و همین به نوشته هایتان لطمه زده است.

حال اگر دوست داشتید و زمانی دیگر خواستید کتابی بنویسید ،البته می دانم تا مدتها نخواهید نوشت. ، اما در آن زمان ،فقط با داشتن ایده

ای در ذهن خود ، بدون برنامه ریزی مشخص ،شروع کنید به نوشتن و اجازه دهید هر آنچه که در درون ذهن تان جریان دارد به بیرون بریزد، هرچند که ،گاه حس کنید که نوشتن بعضی از افکار ذهنی تان ضرورتی ندارد...،اما شما بی توجه به آن فقط ، بنویسید و بنویسید....... و اما فقط بعد از اتمام نوشتن بهتراست که بارها ویرایش اش کنید.،

می توانید بعد از هر ویرایش ،یکی دو ماهی نوشته هایتان را کناری بگذارید و فراموشش کنید،آنگاه دوباره برگردید و ویرایش اش کنید و این کار را تا جایی ادامه

دهید که کاملا از نوشته هایتان راضی شوید،آنگاه اقدام به چاپ کتابتان کنید.

حال بعد از سالها که می خواهم دوباره بنویسم،می خواهم همانطور که او گفته بود ،بنویسم ،اهمیتی نمی دهم که این کتاب، در نظرم و در نظر منتقدین چگونه خواهد بود .، فقط می نویسم .،

شاید این بهترین راه و شیوه برای ارائه ی ایده ام نباشد ،اما در حال حاضر این تنها راهی است که من از عهده اش برمی آیم ،پس شروع می کنم و می دانم که قدم در راهی طولانی گذاشته ام که فقط باید بروم و امیدوار باشم که موفق خواهم شد.

" بخش بین نه و ده (ب) "

فکر کنم نیاز باشد در رابطه با نظری که در مورد نویسنده ها ،داشتم ،توضیح بیشتری بدهم ، البته منظورم نویسندگان کتاب های داستان است نه دیگر نویسندگان.....

و بهتر است اینگونه توضیح بدهم..... ، اگر کل مردم را به دو دسته ی "عام" و "خاص" تقسیم بندی کنم، و منظورم از" خاص" ،مخترعین ،مکتشفین، محققان و کسانی هستند که همواره در حال ایجاد تغییرات نو و جدید هستند، و گروه "عام" هم مردمی هستند که فقط به همان کارهای روزانه و از قبل برنامه ریزی شده ی جامعه مشغول هستند.

حال تعداد کمی از انسان ها را خواهیم داشت که بین این دو گروه قرار دارند، یعنی نه می خواهند تابع چشم و گوش بسته ی زندگی و جامعه باشند و نه علاقه دارند که خود را زیادی درگیر مسائل و مشکلات گروه خاص کنند.

این گروه مابین ،" گروه عام " و " گروه خاص" ، نویسندگان هستند که با ذهن فعال و ناآرام خود ،گاه خود را در "گروه عام" و گاه در" گروه خاص" جای می دهند و بیشتر شان به این دلیل که، بیش از حد دیگران، قدرت دیدن درد های جامعه را دارند،به نوعی نا امید از زندگی هستند،و گاه به مرگ و خودکشی می‌اندیشند، و برای رهایی از

ین زندگی پر درد و رنج، می خواهند خود به استقبال مرگ بروند، و همین است که گاه در اوج شهرت و ثروت و آسایشی که دیگران فکر می کنند آنان دارند،دست به خودکشی می زنند.،چرا که آنها فقط خود از درد پنهان شان خبر دارند، دردی که خود را در درون ذهن نویسندگان مخفی کرده است و دیگران قادر به دیدن آن نمی باشند.

یکی از بزرگترین دردهای پنهان بیشتر نویسندگان این است که، به خود باوری نرسیده اند و هیچ وقت هم از خود و نوشته ها و کتابها ی شان کاملا راضی نخواهند بود،هر چند که ممکن است،گاه، دیگران آنها را خود شیفته به پندارند ،اما فقط در ظاهر چنین به نظر می رسد.،چرا که بیشتر نویسندگان دارای دو چهره هستند،یک چهره‌ی بیرونی ،قوی و با اعتماد به نفس بالا و یک چهره ی درونی ضعیف و شکننده و بی اعتماد به خود.، البته شاید بیشتر آنها بدانند که ،چه کسی هستند و این که از نظر تفکرات ذهنی با دیگران متفاوت هستند،بطوریکه که هرگاه، سوژه و ایده ی نویی به ذهنشان می‌رسد، آنان با هیجان ،شروع به نوشتن می کنند، اما خیلی زود گاه در نیمه ی راه نوشتن و گاه پس از اتمام اش و در زمان ویرایش اولیه، کاملا خسته و ناامید می شوند و خدا نکند که کار به ویرایش دوم و سوم برسد ،که دیگر نوشته ها یشان را به گوشه ای پرتاب کرده و مشغول زندگی روزانه ی خود می شوند، انگار نه انگار که چه هیجان اولیه ای در شروع کار داشته اند .،

و چه خوش شانس خواهند بود نویسندگانی که پس از گذشت چند ماه یا چند سال دوباره به نوشته های خود برگردند و کار ناتمام شان را ،به پایان برسانند ....

" بخش ده "

چه محلی برای اقامت موقتی، پیش از مردن ،در زمان پیری ، برایمان مناسب است.....؟

منظورم محلی است که پس از دریافت "کارت مردن" از " موسسه ی سفر به ابدیت " و گذشت سالها و رسیدن به دوران پیری و ناتوانی، نیاز است تا در آنجا ، آخرین روزهای زندگی یه خود را سپری کنیم....

آیا باید آن محل ، مثل یک بیمارستان باشد، یا شبیه یک آسایشگاه.......؟

من که دوست دارم ،آخرین لحظات عمرم را در یک جای راحت و شاد بگذرانم.، شاید چیزی شبیه یک هتل، که همیشه حس خوب و نشاط انگیزی به من می دهد، شما چطور.......؟

مثلا می توان چند روز قبل از مردن به آنجا رفت و کاملا استراحت کرد و اگر دوست و آشنایی هم بخواهد ، می تواند بیاید و لحظاتی را در کنار هم بگذرانیم و با همدیگر خداحافظی کنیم .،درست مثل زمانی که کسی می خواهد به مسافرت برود.،هر چند که این سفر دیگر برگشتی ندارد.،اما زیاد مهم نیست ،چرا که این مقصدی است که همه دیر یا زود به آنجا می روند ،حال چه خود بخواهند و چه نخواهند،چه برای آن

از قبل برنامه ریزی کنند و چه نکنند ، چه خوششان بیاید و چه نیاید.

حال از شما می پرسم ، آیا دوست دارید،بدون مقدمه و ناگهانی به یک سفر طولانی بروید....؟

آیا بیشتر ما انسانها دوست نداریم که قبل از سفر ،مقدماتی را آماده کنیم.....؟،،

معلوم است که دوست داریم،چرا که ما انسانیم و حق انتخاب داریم و می توانیم به دلخواه خود، زمان سفر خود را انتخاب کنیم.،

همانطور که به زودی خواهیم توانست زمان مردن خود را هم در دوران پیری تعیین کنیم.

البته بگذریم از مرگ های ناگهانی و تصادفی .....، چرا که از تصادف انتظار دیگری هم نمی توان داشت.، و جلوگیری از این مرگ های ناگهانی، از دست ما خارج است.، اما این دلیل نمی‌شود که در آن جایی که می‌توانیم برای مردن خود در دوران پیری ،از قبل برنامه ریزی کنیم، دست روی دست بگذاریم و منتظر قضا و قدر بشویم.

خب ،حال برگردیم به همان اندیشه ی ساختمان و کسانی که باید در آنجا مشغول به کار شوند.

آیا می‌توان برای اداره ی آنجا از همین دکتر ها و پرستار ها استفاده کرد،یا نیاز است که افراد ی آموزش های جدیدی ببینند......؟

آیا لازم است، رشته هایی جدید در این زمینه در دانشگاه ها ، داشته باشیم، یا فقط یک دوره ی کوتاه مدت یکساله برای آموزش کافی است...؟

فکر کنم ،حتما به روانکاو نیاز داشته باشیم، چرا که شاید کسانی باشند که پس از صحبت با روانکاو بخواهند به زندگی خود ادامه دهند.،البته من بعید می دانم.، اما خب گاهی کسانی هستند که از رفتن به سفر در آخرین لحظه پشیمان می شوند، حتی اگر آن سفر،سفر مردن باشد.

باید همه ی احتمالات را در نظر گرفت.

و اگر قرار باشد که بعضی ها چند روزی در آنجا باشند، شاید نیاز به دکتر و پرستار برای مراقبت های ویژه داشته باشند.

شاید بعضی‌ها به تمسخر بگویند : آخر، کسی که آمده تا بمیرد، چه نیازی به مراقبت های ویژه دارد....! ؟

من در جواب می گویم : اگر من ،تمام این کارها را انجام می دهم به این دلیل است که نمی خواهم نه خودم و نه کسانی که مثل من می اندیشند در دوران پیری و ناتوانی ، کوچکترین آسیبی ببینیم.، بلکه می خواهم بدون هیچ درد و رنجی ،آسوده و راحت این دنیا را ترک کنیم ، و قصد من فقط مردن تنها نیست،آنهم به هر شیوه ای.

من خود موافق ، تزریق یک مسکن قوی و خواب آور هستم ،که به

آرامی به خوابی عمیق فرو رویم و دیگر بیدار نشویم.،

اما نمی دانم آیا آن شخصی که این کار را به عهده خواهد گرفت باید از قبل آموزش دیده باشد.......؟

البته منظورم آموزش برای تزریق و آموزش های ابتدایی که حتما لازم است، نیست.،منظورم آموزش از نظر روحی و روانیست، تا با وجدانی آرام ، بتواند این کار را به عنوان یک شغل بپذیرد.

راستش را بخواهید من هیچ اطلاعی ندارم که آیا کسانی که مامور اجرای حکم اعدام کسی می شوند، از قبل برای تیرباران، کشیدن طناب دار ،رها کردن گیوتین، اعدام بر روی صندلی الکتریکی و......، آموزش دیده اند یا نه.......؟

آیا اجرای این حکم ها برای یک انسان سخت تر است یا راحت کردن یک انسان پیر و ناتوان، که خودش هم از قبل آمادگی اش را برای مردن اعلام کرده است.....؟،

در صورتی که می دانیم در مورد اول فرد خطاکار نمی خواهد بمیرد و در مورد دوم خود فرد پیر ،از قبل آمادگی خود را برای مردن اعلام کرده بود.

در مورد اول انسانی داریم که عوامل زیادی او را به سمت خطا کاری

کشانده، از جمله ژنتیک ،محیط و جامعه ،زمان و مکان و تصادف و.... ،و او می خواهد زنده بماند،درمان شود و به زندگی اش ادامه دهد .،اما کسی اهمیت نمی دهد و می خواهند با اجرای جم مرگش، از شر او راحت شوند.

و در مورد دوم ، انسان پیری را داریم که سالها با خواست خود و برای خود، برنامه ریزی کرده تا بعد از هشتاد سالگی ، هرگاه احساس کرد که دیگر نمی خواهد زنده بماند ، این اجازه را داشته باشد تا بطور قانونی بمیرد، و حال این دیگران هستند که درزنده بودن و ماندنش پافشاری می کنند.

به نظر شما ، ما در دنیای مسخره ای زندگی نمی کنیم.......؟!

آیا وقت آن نرسیده است که سری به این قوانین کهنه و پوسیده ی خود بزنیم و تغییراتی را در آن ایجاد کنیم.........؟ و یا تبصره ای به آن اضافه کنیم....؟ آن هم یک تبصره ی بشر دوستانه ، برای رفاه حال انسان های پیر......؟

گاه با خود می‌اندیشم، آیا ما انسان ها، زمانی که شخصی را محکوم به اعدام می کنیم ،گناهکارتریم یا زمانی که انسان پیری را ، در حالی که شاهد زجر کشیدن روزانه اش هستیم، مجبور به زندگی اجباری می کنیم ....؟!

" بخش بین ده و یازده (الف) "

گاه چنان ایده ها و طرح های جالبی در ذهنم شکل می گیرد که خودم را هم شگفت زده می کند.،اما چرا نمی توانم آنها را به همان شکلی که در ذهنم می بینم ، بنویسم .....؟!،

فکر می کنم ،یک مانع بزرگ وجود دارد که نمی گذارد تمام اندیشه های یک انسان تبدیل به نوشته شود و آن چیزی نیست جز خودسانسوری......

این ترس بزرگی است که شاید نویسندگان زیادی را فلج کرده است، و به آنان اجازه نمی دهد تا آزادانه و آنگونه که می خواهند ، بنویسند.، این ترسها ،شامل ،ترس از اجتماع ، نژاد، جنسیت، دین ، شغل ،جایگاه اجتماعی و....است.

متاسفانه ،همین مسئله در ابتدا داشت مانع نوشتن آزادانه ی من هم می شد، که به این فکر افتادم ، بجای اسم خودم به عنوان نویسنده از اسم مستعار استفاده کنم، مثلا از اسم ، "یک انسان " .،

اینگونه، دیگر، کسی از جنسیت ، نژاد ، دین ، کشور ،شغل ،جایگاه اجتماعی و....من اطلاعی نخواهد داشت، و نخواهند توانست بجای نقد این کتاب ،نویسنده ی کتاب را نقد کند.

اگر قرار باشد، جایزه ای هم به این کتاب تعلق بگیرد،به خود اثر خواهد

رسید و دیگر به کسی از یک کشور خاص تعلق نخواهد گرفت.،

اصلا چرا اینقدر مهم است که بگویند این نویسنده از فلان کشور است....؟

چرا ،نگویند این نویسنده، یک انسان است از کره ی زمین......؟

شاید در زمانی دور این اتفاق بیفتد....،زمانی که موجوداتی از کرات دیگر را ملاقات کنیم.

و اما مهم ترین اتفاقی که خواهد افتاد، این است که، اگر اسم نویسنده ی کتابم را "یک انسان" بگذارم، حریم خصوصی ام حفظ خواهد شد و از دست خبرنگاران و رسانه ها و فضای مجازی در امان خواهم بود و تمام زندگی ام زیر ذره بین قرار نخواهد گرفت.،و خواهم توانست آزادانه به زندگی معمولی خود ادامه دهم و ایده ها و طرحها و سوژه ها یم را از بین همین مردم معمولی که خودم هم به آنها تعلق دارم بیابم،همان گروه عام که قبلا درباره شان صحبت کردم.

نمیدانم نویسندگان دیگر،بعد از چاپ آثارشان ،در چه شرایطی دوست دارند زندگی کنند و بنویسند ، اما من از جمله کسانی هستم که دوست ندارم از زندگی معمولی خود فاصله بگیرم ، و نمی خواهم نوشتن کتابی یا کتابهایی مرا وادار کند تا از این زندگی روزانه و یکنواخت خود دور

شوم،چرا که دیگر قادر به اندیشیدن و تفکر و نوشتن واقعی نخواهم بود و می دانم که نوشته هایم همه ساختگی و نمایشی خواهند شد.،شاید آنگاه باز هم کتابی بنویسم ،اما شاید فقط برای جلب نظر گروهی خاص باشد ،نه عموم مردم و نه حتی برای خودم.

" بخش بین ده و یازده (ب) "

هر روز صبح ، سر ساعت خاصی سر کار میروم.

هر روز در حال رانندگی از خیابان های مشخصی می گذرم، و با اختلاف اندکی، گاه چند دقیقه از خیابانی طولانی که شیب ملایمی به پایین دارد می گذرم.

این خیابان طولانی و بدون پیچ است و من می توانم تقریبا به خوبی مسافت زیادی را ببینم.

هر روز پیرمردی را می‌بینم، با پاهایی لاغر و کمی پرانتزی شکل که عصایی در دست دارد و به همراه سگی عسلی رنگ ، به آرامی در جهت مخالف حرکت ماشین من ،در حاشیه ی پیاده رو در حال قدم زدن هستند.

این دو هر روز نظرم را به خود جلب می کنند و من از دور که این دو را می بینم، سرعت ماشینم را کم می کنم و به حرکات و کارهایشان دقیق می شوم تا که از آنها گذشته و دور می شوم.

با خود می گویم، الان واقعا کدام یک از این دو ، به دیگری نیاز دارد......؟

آیا پیرمرد سگ اش را برای هواخوری بیرون آورده است، یا این سگ است که پیرمرد را برای هواخوری بیرون آورده.......؟

آیا این پیرمرد است که سگ را به دنبال خود می کشد، یا این سگ است که پیرمرد را به دنبال خود می‌کشد....؟

نمی دانم چرا این دو، یک جایی از ذهنم را اشغال کرده اند و چه چیزی می خواهند به من بگویند....؟

شاید حس درد ،حس تنهایی و حس دوران پیری.......!

هنوز هم هر روز صبح این صحنه برایم در حال تکرار شدن است و به جواب مشخصی نرسیده ام.فقط برایم جالب است که آنها شخصیت های زنده ی کتابم هستند.،تا کی.....؟!! نمی دانم.

" بخش یازده "

د کسانی باشند که بپرسند:، چه چیزی باعث می شود که من اینگونه مشتاق باشم تا دنبال این ایده ی خود را بگیرم......؟

چرا نمی خواهم مثل دیگران به زندگی خود ادامه دهم تا به پیری برسم و بمیرم.....؟

پاسخ من یک کلمه است......"عشق"

عشق به خودم......عشق به آینده ی خودم..... و عشق به کسانی که مثل من می‌اندیشند.

همان کسانی که فقط منتظر کسی هستند تا قدم اول را بردارد و با صدای بلند و بی ترس بگوید: "من می خواهم وقتی پیروناتوان وتنها شدم،بطور قانونی،هر زمانی که خودم بخواهم ،بمیرم".، آنگاه آنان از او پیروی کنند.

همان کسانی که همیشه فقط نگاه می کنند و منتظر می مانند تا کسی یا کسانی،راهی را بیابند و راه را هموار کنند و بروند و موفق شوند ، و آنگاه آنان آهسته آهسته و گاه به سرعت،همه چیز را می‌پذیرند، و بدون هیچ چون و چرا و پرسشی ، جزو اولین داوطلبان می شوند.

حال من از شما می پرسم ،آیا عشق، به معنای دوست داشتن ،جسم و روح خود نیست.......؟

آیا این درست است که از دوران میانسالی در حال ،ترس از پیری و بی خبری از آینده ی خود بسر ببریم....؟،در صورتی که می توانیم زمینه های این امنیت روحی و روانی را برای خود مهیا سازیم، وهمانطور که اکنون خودمان را با انواع بیمه ها،مثل بیمه خدمات درمانی و از کارافتادگی ،بیمه ی عمر و بیمه‌ی خانه و بیمه ی ماشین و بیمه های گوناگون، به امنیت روحی و روانی می رسانیم.، برای مردن خود هم از قبل آماده باشیم.، و خود را برای دوران پیری هم بیمه ی کنیم ، و قبل از رسیدن به دوران پیری " کارت مردن" بگیریم.

و آیا عشق ،معنایش این نیست که اطرافیان خود را آزار و اذیت نکنیم،چه جسمی و چه روحی......؟

آیا دوست داریم که عزیزانمان ، سالهای سال از ما نگهداری کنند، و آسیب های جبران ناپذیر، جسمی و روحی ببینند ،در حالی که ما خودمان در پیری ،دیگر علاقه ای به زنده ماندن ،نداریم.

درست به خاطر دارم،چندین سال پیش ، در مراسم تدفین یکی از آشنایان خود حضور داشتم.، آن شخص در اثر سکته ی قلبی با مرگی ناگهانی درگذشته بود.، من در حال صحبت با خانمی محترم و تحصیل کرده بودم ،که یکی از آشنایان نزدیکم بود.، او می گفت: خوش به حال اش....چه مرگ خوبی...بدون درد و رنج و بدون آزار و اذیت اطرافیانش مرد.

گفتم: واقعا همین طور است....،خیلی ها دوست دارند اینگونه بمیرند.

او گفت: من هم دلم می خواهد در اثر سکته ی قلبی بمیرم یا اینکه زمانی که پیر شدم در حال عبور از خیابان ،یک کامیون با سرعت با من تصادف کند و در جا بمیرم.

من با تعجب به او نگاه کردم ....،به نظرم این نوع مردن خیلی دلخراش بود....،اما چه چیزی او را که خانمی فهمیده و تحصیل کرده بود ،وادار کرده بود تا اینگونه بیندیشد.....!؟

از او پرسیدم و او در جوابم گفت: برادری دارد ،که سال هاست دچار آلزایمر و زوال عقل شده،کسی که زمانی استاد دانشگاه بود و حال هیچ چیز نمی فهمد و نمی تواند به تنهایی از عهده ی جزئی ترین کارهای روزانه اش برآید و نیاز به پرستار و کمک اطرافیان خود دارد و اینگونه، سال های پیری خود را سپری می کند.

او در ادامه با آهی عمیق گفت: من هیچ دلم نمی خواهد زمانی مثل او بشوم ،اینگونه زندگی کردن در دوران پیری برایم غیر قابل تحمل است.

حال می فهمیدم که چرا او حاضر بود ،با چنان مرگ دردناکی.... ،ناگهانی بمیرد .

آیا وقتش نرسیده که با دید بازتری به مردن در دوران پیری بیندیشیم و مقدمات مرگی آرام و توام با آرامش را برای خود مهیا کنیم تا

دیگر کسی روح و ذهن خود را با اندیشه ها یی چنین ترسناک آزار ندهد......؟

"بخش بین یازده و دوازده " (الف)

گاهی انسانهایی را می بینم که بیش از اندازه در حال خرید ملک و پس انداز و سرمایه گذاری های گوناگون هستند و زمانی که از آنان دلیل این کار افراطی را سوال می کنم، می گویند: کسی که از پیری خود خبر ندارد و نمی داند، چه هزینه هایی باید صرف دوران پیری و بیماری خود کند، پس مجبوریم تا می توانیم و حتی به صورت نوعی بیماری یه روانی و وسواسی، به فکر ذخیره سازی یه مالی خود برای آینده باشیم.

پس آیا این هم خود نمی تواند یکی از عللی باشد که من آرزو کنم تا در آینده ،وقتی که پیر و ناتوان و تنها شدم و به سن بالای هشتاد سالگی رسیدم ،در هر زمانی که احساس کردم دیگر برای زندگی روزانه ی خود به کمک دیگران نیاز دارم و یا اینکه دیگر هیچ کاری برای انجام دادن در این دنیا نداشته باشم ، بطور قانونی در موسساتی که برای مردن در دوران پیری در نظر گرفته شده‌اند، به زندگی خود پایان دهم....؟

و فکر می کنم،این حق انتخاب مردن در دوران پیری،بطور قانونی،این حس امنیت روحی را به من خواهد داد تا دیگر تمام جوانی و میانسالی خود را با ترس از دوران پیری به هدر ندهم.

آیا در این صورت انسان مفیدتری نخواهم بود....؟!

"بخش بین یازده و دوازده "(ب)

شاید یکی دیگر از مزیت های دریافت "کارت مردن" در دوران جوانی این باشد که اگر زمانی ، کسی پیر شد و دچار زوال عقل شد و قادر نبود خودش از " موسسه ی سفر به ابدیت " بخواهد که به زندگی یه او خاتمه دهند،اطرافیانش بتوانند بدون عذاب وجدان و با عشق به او،تنها خواسته اش را برآورده کنند و با تماس با " موسسه ی سفر به ابدیت " مقدمات مرگی آرام و راحت را برایش فراهم سازند.

و دیگر بین فرزندان و اطرافیانش،اختلاف عقیده ای برای زنده ماندن یا مردنش پیش نخواهد آمد.

"بخش دوازده "

داشتم فکر می‌کردم، آیا خوب است که این ایده ام را به ثبت برسانم یا نه......؟

باید ببینم واقعا از مطرح کردن این ایده ام چه می خواهم......؟

آیا می خواهم ،مجوز تاسیس ،موسسه ی "سفر به ابدیت " و صدور "کارت مردن" با اجازه ی من باشد......؟

آیا می خواهم،با ثبت این طرحم به اسم خودم،به شهرت یا ثروت برسم......؟

شاید روزگاری دور در گذشته، در آرزوی شهرت بودم ،اما حالا ،واقعا نه......، ترجیح می دهم گمنام بمانم.،و اگر به ذهنم نمی رسید که این ایده ام را بصورت نویسنده ای ناشناس به چاپ برسانم،هرگز دست به نوشتن هم نمی زدم.

اما چرا تصمیم گرفتم یک کتاب بنویسم......؟!

چرا با چند سرمایه گذار در این زمینه مشورت نکردم تا هرچه سریع تر به مقصد خود برسم و زودتر موسسه ام را افتتاح کنم......؟!

شاید چون من فقط استعداد فکر کردن ، فرضیه پردازی و نوشتن را

دارم ، و نه قدرت اجرایی کردن افکارم را.راستش اگر آدمها را به سه دسته تقسیم کنیم،اول آنهایی که فکر می کنند و عمل می کنند ، دوم آنهایی که فکر نمی کنند و از فکر دیگران استفاده می کنند ، و سوم آنهایی که فکر می کنند و فرضیه پردازی می کنند و اهل عمل نیستند.،من به دسته ی سوم تعلق دارم.، همان هایی که مدام در فکر و اندیشه ی تغییر و تحول هستند و ایده هایی نو و بکر در سر دارند،ولی اجرایی کردن آنها را به دیگران می سپارند، حال اگر شانس شان بزند و کسی از راه برسد و کمک شان کند ، که چه بهتر ، درغیر این صورت باید اجرایی شدن ایده های شان را به فراموشی بسپارند.

و شاید کمی مضحک به نظر برسد ،اما چند وقت پیش به فکرم رسیده بود که در روزنامه یک آگهی بدهم و افکار و ذهنیات خود را برای یک سال اجاره بدهم .،به اینصورت که در طول یکسال تمام ایده ها و طرح هایی را که به ذهنم می رسد بنویسم و در اختیار کسی که می تواند روی آنها سرمایه گذاری کند قرار دهم .

اما بعد با خودم اندیشیدم که حتما از پس نوشتن یک کتاب بر خواهم آمد.،این دیگر،نباید کار زیاد سختی باشد.، و تصمیم نهایی ام این شد که بجای ثبت ایده ام و تاسیس شرکت یا موسسه ای و یا حتی پیدا کردن سرمایه گذار،فقط یک کتاب بنویسم. فقط همین.

" بخش بین دوازده و سیزده "

شاید دیگر زمانه ای رسیده است که باید جور دیگری کتاب بنویسیم ..،به این صورت که بجای نوشتن و تایپ کردن حروف و کلمات،هر بخش از کتاب را به صورت صوتی ضبط کنیم و بعد آنرا به یک ناشر بدهیم..،

نمیدانم آیا ناشری هست که کتاب صوتی قبول کند.......؟

و همینطور نمی دانم که آیا می توانیم بخش های کتاب صوتی خود را ویرایش و تصحیح کنیم یا نه.....؟

نمیدانم فکر نکنم بشود یک پیام صوتی را ویرایش کرد،اما می توانیم ابتدا کتاب را به صورت صوتی ضبط کنیم و سپس آن را به کسی بدهیم تا یک نسخه ی پی دی اف تهیه کند و آن وقت می توانیم آن را ویرایش کنیم.،باز هم خوب است.

می‌گویند ، تنبل ها خلاق می شوند.، راست گفته اند.، اما چه کسی این را گفته است خودم یا دیگری.... نمی دانم؟!

" بخش سیزده "

چند روز پیش که واقعا از نوشتن خسته شده بودم ،ذهنم رفت به سمت یافتن سرمایه گذارها...!

اما آنها واقعا چه کسانی هستند.......؟!

آیا من باید به دنبالشان بروم یا آنها خودشان شامه ای قوی دارند و می توانند مرا پیدا کنند.....؟

صد در صد ،هر جا که بوی سود مالی به مشام برسد،آنها سر و کله اشان پیدا خواهد شد.،پس شاید من تنها کارم این باشد که حس شامه شان را تحریک کنم تا به سمت من بیایند.

خب ،می توانم در ابتدا از ایده ی خود بطور خلاصه برایشان بگویم .

مثلا می توانم بگویم : اگر برای تاسیس "موسسه سفر به ابدیت" مجوز بگیرند ،تا سالها بدون هیچ کاری خواهند توانست از سود سرشاری بهره مند شوند.،چرا.......؟،چون این موسسه در ابتدا فقط کسانی را به عضویت خواهد پذیرفت که بین سنین ۳۰ تا ۶۰ ساله ،باشند و هر ماه این افراد مبلغی را پرداخت خواهند کرد تا به سن بالای هشتاد سالگی برسند و در آن زمان هم معلوم نیست که آیا آنها بخواهند بمیرند یا نه..... شاید عده ای پشیمان شوند و عده ای هم قبل از سن هشتاد سالگی به دلایل مختلف مرده باشند و......

همانطور که می‌بینید ،این کار درست مثل بیمه‌ی عمر ،سود سرشاری برای سرمایه گذاران شان به همراه خواهد داشت ،در واقع همه‌اش سود است.

و البته بعد ها می توان سن عضویت را به ۲۱ سال هم رساند ،که باز هم بهتر خواهد شد.

حال که خوب فکر می کنم ،کم کم دارم وسوسه می شوم که خودم ،بر روی ایده ام ،سرمایه گذاری کنم و سود سرشماری به جیب بزنم.!

آیا دلم می خواهد این طرحم را سرمایه گذاران خصوصی اجرایی کنند یا مورد توجه دولت قرار گیرد ....؟

بیشتر ترجیح می دهم که این طرحم توجه دولت را به خود جلب کند تا با هزینه‌ی

خیلی پایین، در خدمت انسان های پیر قرار گیرد.

هرچند که می دانم ،در آینده شرکت های خصوصی زیادی ، مشتاق تاسیس این گونه موسسات خواهند بود.،

همانطور که گفتم،سرمایه گذار ها شامه ای قوی دارند و هر جا که بوی پول به مشام شان برسد،

خواهند دوید.

" بخش بین سیزده و چهارده "

روزها گذشته و من واقعا دارم می نویسم.،همانطور که دلم می خواهد، بدون هیچ نگرانی از نوع نگارش خود و نوع کتابی که می نویسم و سبکی که باید بنویسم.!

اما واقعا ،این چگونه کتابی خواهد شد......؟!

آیا این کتاب ، فقط یادداشت های روزانه ی ،کسی است که ایده ای در سر دارد، و می خواهد تا دیگران، او را دنبال کنند، تا شاهد به سرانجام رسیدن ایده اش باشند......؟،سرانجامی که افتتاح یک موسسه ی خیالی و شاید هم واقعی خواهد بود.......؟

آیا این کتاب فقط نوشته می شود تا خوانندگان فراوانی داشته باشد ،تا بتواند درد و ناتوانی دوران پیری را دوباره به همه یادآوری کند.......؟

آیا این کتاب هم مثل خیلی از کتاب ها نادیده گرفته خواهد شد......؟یا پرطرفدار و پرفروش خواهد شد......؟

راستی،کسی می داند که، چه کتابهایی،پرفروش می‌شوند ....؟

آیا خوانندگان فراوان ،باعث پرفروش شدن ،کتابی خواهند شد،یا تبلیغات و فروش بالای کتابی، نظر خوانندگان را به سمت خود جلب

خواهد کرد........؟

به نظر من در رابطه با فروش کتاب ها ، یک نویسنده، می تواند دو نوع کتاب بنویسد.،نوع اول، کتابهایی که خیلی زود خوانندگان زیادی پیدا می‌کنند و به فروش بالایی هم می رسند ، بدون اینکه واقعا کسی بداند چرا.....!؟

و نوع دوم ، کتاب‌هایی هستند ،که سرعت دیده شدن ، خوانده شدن و فروش شان خیلی کند و آهسته است.، کتاب هایی که هر چقدر برایشان تبلیغات می کنی،انگار قرار نیست،دیده شوند و به فروش برسند.

حال اگر نویسنده ای با چنین مشکلی مواجه شود،باید کتابی را که دیده نشده فراموش کند و برای آن تبلیغات و هزینه ی زیادی صرف نکند، آنرا کناری بگذارد و دست به کار شود و کتاب دیگری بنویسد و یا شاید همان کتاب را از زاویه ی دید دیگری بنویسد و یا به سبکی دیگر .....

آنقدر باید به این کار ادامه دهد تا بالاخره یکی از کتاب هایش، سرعت لازم را برای دیده شدن و خوانده شدن و فروش بالا پیدا کند، آنگاه با شهرت و پول بدست آمده، خواهد توانست تمامی کتاب های قدیمی خود را هم بفروش برساند و خوانندگان هم از خواندن آنها ، همان هایی که به دلیلی نامعلوم دیده نشده بودند ، لذت خواهند برد،اما واقعا ، نه خوانندگان می دانند چرا و نه نویسندگان می‌دانند چرا.....!؟

حال اگر نویسنده ای پس از نوشتن آثاری زیاد و دیده نشدن،دچار دلسردی شده و یا ذهن اش به کویری خشک تبدیل شود، تا جایی که سوژه ی جدیدی برای نوشتن نداشته باشد ، می تواند ،همان آثار قبلی خود را دوباره و دوباره به شکل های مختلف بنویسد،به عنوان مثال می تواند ،داستان کوتاه قدیمی خود را به یک داستان بلند تبدیل کند ،یا یک داستان طنز خود را به یک داستان جدی تبدیل کند و یا برعکس.....، چرا که ، تکنیک نوشتن ،در واقع، به نوعی بازی با کلمات و جملات است .، و این مهارت، فقط با کتاب خواندن و نوشتن و ویرایش، وباز هم کتاب خواندن بسیار و نوشتن زیاد و چندین بار ویرایش بدست خواهد آمد و کسی که این تکنیک را بداند،حتما موفق خواهد شد.

شاید دیده باشید گاه در جمعی ،شخصی ، جکی تعریف می کند و همه خنده را سر می دهند و نمی توانند جلوی خنده ی خود را بگیرند ،اما در جمعی دیگر ،همان جک را شخص دیگری تعریف می کند و هیچ کس حتی لبخند هم نمیزند.،چرا.......؟

آیا اولی از تکنیک خاصی در جک گفتن استفاده می کند که دومی از آن بی خبر است.......؟

آیا اولی از نوع بیان ،خاصی استفاده کرده که دومی آن مهارت بیان را نداشته است......؟

هرچند که تکنیک و مهارت در بیان یک جک از اهمیت بالایی برخوردار است ،اماهمیشه هم مشکل از شخصی که جک را تعریف کرده، نیست ،چرا که گاه شنوندگان از دوستان او هستند و او را می فهمند و به جک های بی مزه ی او هم می خندند و گاه اگر شنوندگان علاقه ای به شخصی که جک را تعریف می کند نداشته باشند به خنده دار ترین و بامزه ترین ،جک های او هم نخواهند خندید.،

و این مشکلی است که گاه نویسندگان زیادی با آن مواجه هستند و با توجه به کتاب عالی و خوبی که نوشته اند ،خواننده ای نخواهند داشت و کتاب شان هم فروشی نخواهد داشت.

به نظر من،هر کتابی که نوشته می شود ،جدای از اینکه چگونه نوشته شده .،شرایط اجتماعی ،زمان ، مکان و گاه تبلیغات.....همه بر آن ، تاثیر گذار هستند، و از همه مهم تر، خوانندگان آن کتاب هستند که در چه شرایط و چه سنی آن کتاب را بخوانند .، و چیز های زیاد دیگری که کسی به درستی نمی داند.

در نهایت همه چیز باید دست به دست هم بدهند، حتی گاه ،آب و هوا...! تا کتابی مورد توجه و استقبال مردم قرار بگیرد.

شاید همه ی شرایط برای دیده شدن و خوانده شدن ،این کتاب آماده باشد....، زمان ، مکان، جامعه و حتی آب و هوا......! و شاید هم نه.......

اما مطمئن هستم که ، این کتاب ،در هر شرایطی که نوشته شود،مرا برای اجرایی شدن،ایده ام،تشویق خواهد کرد.

" بخش چهارده "

چند روز پیش که در حال صحبت با پدرم بودم ، حرف هایمان کشیده شد به ایده ام ومشکلات دوران پیری و دریافت "کارت مردن" و داشتن حق انتخاب مردن ، بعد از هشتاد سالگی و آن هم بطور قانونی......

برادرم،که دید پدرمان، مشتاقانه به حرفهایم گوش می دهد ،گفت: شاید من دلم بخواهد که تا صد سالگی از بابا مراقبت و نگهداری کنم و برایم هم مهم نباشد که او آلزایمر داشته باشد و یا ناتوانی جسمی و حرکتی و یا حتی جنون.

پدرم با مهربانی گفت: شاید تو بخواهی از سر دلسوزی ،مدتی طولانی ،از من نگهداری کنی.، اما آیا به درد و رنج، روحی و جسمی من فکر کرده ای.....؟

آیا می دانی، وقتی پدر یا مادری پیر و ناتوان و از کار افتاده می شوند ، چقدر برایشان زجر آور است که فرزندانشان از آنان نگهداری کنند.؟،آن هم نه یک روز و دو روز ،نه یک هفته و دو هفته ، بلکه ماه ها و سالها.

برادرم که، به فکر فرو رفته بود ، و گاه به بابا و گاه به من نگاه می کرد،گفت: اما بابا ، ممکن است که شما ،پیر شوید و تا نود سالگی

هم کاملا سالم باشید، آیا در آن صورت هم، باز می‌خواهید بمیرید.....؟

من در جوابش گفتم: کسی که در "موسسه ی سفر به ابدیت " عضو می شود و" کارت مردن" را دریافت میکند ،فقط خیالش راحت است ،که در هر زمانی در دوران پیری بخواهد،این حق انتخاب را دارد که بمیرد..، و این به آن معنا نیست که نمی تواند بیشتر زندگی کند و هیچ قانونی هم این حق را ندارد که او را مجبور به مردن کند.،این فقط یک حق انتخاب ،برای مردن قانونی است ،که هرکسی با انتخاب خودش ،می تواند آن را داشته باشد.،فقط همین.

برادرم که کم کم داشت متوجه ی موضوع می شد،سرش را به آرامی تکان داد و به فکر فرو رفت.

در ادامه گفتم: همانطور که کسی ، وصیت نامه ای می نویسد تا بعد از مرگش، اموالش را به همسرو فرزندانش ببخشد. ، داشتن "کارت مردن" هم در واقع مثل همان وصیت نامه است ،که این آگاهی را به فرزندان و اطرافیانش می دهد تا اگر شخص، پیرو ناتوان و یا دچار آلزایمر و یا فلج کل بدن شد، آنها این اجازه را داشته باشند که بگذارند او بدون درد و رنج بمیرد،البته اگر شخص پیر واقعا در شرایطی باشد که خودش نتواند،این را خود بخواهد،مثلا قادر به صحبت کردن نباشد و یا دچار جنون و زوال عقل شده باشد.

برادرم رو به پدرمان کرد و گفت: من واقعا شما را دوست دارم بابا ،اما شاید واقعا این حق را نداشته باشم، در حالی که شما پیر و ناتوان شده باشید و دیگر علاقه ای به ادامه ی زندگی نداشته باشید ،شما را مجبور به زندگی اجباری کنم، آن هم از سر دلسوزی و شاید هم، خودخواهی خودم .

راستش،حال که خوب فکر می کنم،می بینم،اگر خودتان،این انتخاب را از قبل برای خود،کرده باشید،کسی نباید و نمی تواند، مانع رسیدن به خواسته ی شما شود،

آن هم آخرین خواسته ای که قبل از مرگ دارید.. مگر نه اینکه، زمانی که می‌خواهند کسی را، اعدام کنند،قبل از اجرای حکم،از او در مورد آخرین خواسته اش ،قبل از مرگ می پرسند و به آن احترام می گذارند،آیا من هم نباید به خواسته ی شما هرچه که باشد احترام بگذارم.....؟، و از کجا معلوم که خودم زودتر از شما درخواست " کارت مردن " نکنم.!

من و پدرم، نگاهی به هم کردیم و نگاهی به او، و در سکوت به هم لبخند زدیم .

" بخش بین چهارده و پانزده "

داشتم فکر می کردم،شاید لازم باشد ،این ایده ی خود را بر روی برگه ای بزرگ بنویسم و همیشه همراه خود داشته باشم و هر گاه برای کسی صحبت کردم و او حرف هایم را پذیرفت،از او بخواهم زیر برگه را امضا کند.

اما نه.....، این کار دیگر قدیمی شده است ، شاید بهتر باشد ایده ام را روی سایتی بگذارم تا دیگران ببینند و به آن رای بدهند.،

نمی دانم ، شاید اگر میلیونها نفر با این ایده موافق باشند ،آنوقت بتوانیم ،نظر دولت کشوری را جلب کنیم و بطور قانونی دست بکار شویم، و "موسسه ی سفر به ابدیت" را افتتاح کنیم .، آنگاه من و کسانی که با ایده ی من موافق هستند ،" کارت مردن " در یافت خواهیم کرد.

" بخش پانزده"

اگر لازم باشد که کمی در رابطه با منابع این کتاب ، بگویم.،هرچند که معمولا رسم بر این است که در پایان هر کتابی ،از منابع استفاده شده ،در آن کتاب صحبت می شود.،اما برای این کتاب فرقی نمی کند،چرا که، منظور من از منابع کتاب ،چیز کاملا متفاوتی است که بیشتر ،شبیه یک درد دل و شاید هم یک انتقاد دوستانه است.

راستش یکی از اشکالات بزرگ من این است که ،هم زمان در حال خواندن چند کتاب با هم هستم و گاهی در ذهنم ، نوشته های کتابی با کتابی دیگر جابجا می شود، البته نه در کلیات بلکه در جزییات.، و شاید در واقع ،گاه با خواندن چهار کتاب انگار هشت ،شانزده و گاه بیست کتاب خوانده ام،البته با عرض پوزش از نویسندگان آن کتاب ها.....، در واقع فقط مطالب یک کتاب برایم با ارزش و تاثیر گذار است ،گاه نمیدانم جمله ای که بسیار به آن علاقمند هستم و در زندگی و در حرف هایم از آن استفاده می کنم از کدام کتاب ،کدام نویسنده و یا از کدام دوست است.!

و گاه، حتی برایم مهم نیست که گوینده یا نویسنده ی آن جمله، مرد بوده یا زن، پیر بوده یا جوان و یا حتی یک بچه ، و یا ، به کدام کشور و مذهبی تعلق داشته است.

و همین مسئله باعث می شود که نتوانم درکتابم از جملاتی استفاده کنم با ذکر نام کتاب و نویسنده ی آن کتاب.

شاید به نوعی این یک نوع انتقاد به بعضی از نویسندگان جدید است که کتابشان را فقط با آوردن جملاتی از نویسندگان دیگر،اسامی کتاب ها و نام نویسندگان دیگر، پر می کنند ....نمی دانم آیا آنها می خواهند معلومات شان را با بردن اسامی کتاب ها و نویسندگان زیاد ،به رخ دیگران بکشانند ،یا اینکه واقعا خودشان انسانهایی تو خالی هستند که بیشتر افکارشان را مستقیما ،از دیگران قرض گرفته اند.....؟!

و اما شاید اگر کمی منصف باشیم و از زاویه ی دیگری به آن نویسنده ها نگاه کنیم، ببینیم که آنها فقط، آدم هایی با حافظه ای قوی هستند،که دوست دارند،گلچینی از گفته های بزرگان را با دیگران به اشتراک بگذارند و منظورشان خودنمایی نیست....!

حال با وجود، مشکلی که من دارم، نمی توانم ،از منابع استفاده شده درکتابم نام ببرم ،.

اما آیا این دلیل می شود که ادعا کنم ، من ، این کتاب را بدون برداشت غیر مستقیم از کتابی ،نویسنده ای، فیلمی، مردمی،مذهبی،کشوری و فرهنگی ،نوشته ام .....؟

آیا من می توانم ادعا کنم که این کتاب فقط از تخیل و افکار خودم شکل گرفته است.....؟

آیا اصلا هیچ نویسنده ای ،کاشفی ،مخترع و مبتکری ، می تواند چنین ادعایی داشته باشد.....؟

خودم........؟!

این "خود" کیست.......؟! این " من" چه کسی است.....؟

اصلا این " من " و افکار و تخیلات " من "چگونه شکل گرفته است....؟

مگر نه اینکه،از زمانی که سلول کوچکی بوده ام و شروع به رشد کرده ام، همه و هر آنچه که در اطرافم بوده اند مرا ساخته اند.....؟

از والدینم گرفته تا برادر و خواهرم، فامیل و دوستان و دشمنان و خنثی ها ،محیط زندگی ام ،آب و هوا،حیوانات و گیاهان ،رودخانه و درختان،انرژی های پیدا و ناپیدا ، کتابها و فیلم ها، و هزاران هزار چیزی که دست به دست هم داده اند تا این "من" ساخته شده است.

این ها ،همه و همه منابعی هستند که مرا با این افکار و عقاید ساخته اند و مرا آماده برای به وجود آوردن این کتاب کرده اند.

و شاید یکی از علت هایی که می خواهم این کتاب را با اسم مستعار " یک انسان " به چاپ برسانم همین است.، در واقع یک انسان برای انسان های دیگر نوشته.، یک انسان، افکار و عقایدش را که در واقع از افکار و عقاید انسانهای دیگر ساخته شده،بصورت یک کتاب در آورده،

کتابی که از افکار، همه ی انسانها نوشته شده است.

و خبر خوش ،اینکه ،دیگر نیاز نیست، کسی اسم نویسنده ی این کتاب را حتما به خاطر داشته باشد،مخصوصا دانش آموزان که، معلم ها از آنها می خواهند، اسم کتاب ها و نویسنده ها و تاریخ و محل تولد شان و..... را حفظ کنند .، همانی که وقتی دانش آموز بودم به شدت از آن متنفر بودم، و در واقع ،زمانی را که باید صرف توجه به نوشته های کتابی می کردم،وقت خواندن و حفظ کردن زندگینامه ی

نویسنده ی آن کتاب می کردم، از تاریخ تولد گرفته، تا محل تولد و فوت و.....،،

و اگر از من سوال می شد که ،خب حرف حساب فلان نویسنده چه بوده است....؟ من فقط مات و مبهوت نگاهشان می کردم،چرا که اصلا توجه ای به اندیشه های آن نویسنده نکرده بودم.

در هر صورت من با خواندن زندگینامه ی نویسنده ها مشکلی ندارم و شاید گاهی برای شناخت روانشناسانه ی آنها دوست دارم که حتی جزئیات زندگی شان را هم بدانم ، اما بعد از اینکه آثارشان را به دقت و چندین بار خوانده باشم.،

اما فکر نکنم فقط یک نویسنده ی گمنام بتواند مشکلی ایجاد کند.....!

اصلا ، آیا بود و نبود یک انسان برای این دنیای پر از انسان مهم

است.......؟!

آیا افکار و اندیشه های یک انسان در این دنیای پر از اندیشه های انسانی ، مهم است.....؟!

بیایید کمی فکر کنیم.....یک انسان در کره ی زمین......یک انسان در این دنیا......یک انسان بین میلیارد ها انسان دیگر......

چقدر احساس حقارت می کنم......... چقدر کوچک و بی ارزش هستم......یک انسان.....یک انسان.....

نه.....بیایید ،جور دیگری فکر کنیم......،بیایید ،کل دنیا را یک" ابر انسان "در نظر بگیریم و آنگاه تصور کنیم که هر انسان ،سلولی از این "ابر انسان" است.....خب حالا بهتر شد.،

حال آیا، اگر یک سلول کارش را به خوبی انجام ندهد، اتفاقی خواهد افتاد.....؟

شاید آن سلول تبدیل به یک سلول سرطانی شود و بعد کل آن " ابر انسان" را از پای در آورد.،

پس حتی، یک انسان هم مهم است.....،

اما آیا منظور ، یک انسان سالم و جوان است ،یا یک انسان پیر و ناتوان، که دچار زوال عقل،آلزایمر و ناتوانی جسمی شده و دیگر توانایی

انجام کارهایش را هم ندارد و بدون کمک دیگران قادر به ادامه ی زندگی نیست.....؟

نمی دانم اصلا ،از کجا شروع کردم و به کجا می خواهم بروم.....؟!

این کار ذهنم است که هرچه دوست دارد می‌سازد ، شاید درست باشد، شاید هم نه......

ذهنم گاه ،همچون پرنده ی کوچکی می شود که در بین شاخه های درختی در حال پرواز است و از شاخه ای به شاخه ی دیگر می‌پرد ، اما مثل اینکه وقتش رسیده که دیگر جلویش را بگیرم تا ادامه ندهد، و وادارش کنم که بر روی شاخه ای آرام بگیرد......،طفلک ،پرنده ی کوچک ذهنم.

" بخش بین پانزده و شانزده "

چند روز پیش داشتم به این فکر می کردم که چه بیمه ی عمری بگیرم تا بهتر و کامل تر باشد و خدمات جانبی دیگری هم داشته باشد..،

بیمه ای را پیدا کردم که علاوه بر بیمه ی عمر ،بیمه ی از کار افتادگی ،خرج دفن و کفن .....، بعد از ده سال هم، یک سود پول می داد.،، که البته بیشتر ،توجه من به قسمت از کار افتادگی جلب شد که خیلی مضحک و خنده دار بود ، به طوری که ، در آن قسمت گفته شده بود که اگر کسی دو تا ،از این چهار کار را نتواند انجام دهد ، خدمات مالی این بیمه به او تعلق می گیرد، یک،نتواند به تنهایی غذا بخورد.،، دو ،نتواند به تنهایی به دستشویی برود.، سه ،نتواند به تنهایی حمام کند.،چهار، نتواند به تنهایی راه برود.....!

من گفتم : این واقعا مسخره است،چرا که اگر کسی نتواند یکی از این کارها را انجام دهد،همان بهتر که بمیرد..یعنی من که این را می خواهم.،

جز یک نفر از آن جمع که می گفت :خیلی ها اینگونه به زندگی خود ادامه می دهند.،بقیه که هزار نفری می شدند با من هم عقیده بودند!،البته

نمی دانم، واقعا کدام هزارنفر......!

من گفتم: آنهایی که دارند ادامه می دهند به خواست خودشان نیست ،به اجبار اطرافیان و قانون است ، و اینکه راهی از قبل برایشان نگذاشته اند که در شرایط خاص ، به طور قانونی از ادامه ی این زندگی پر رنج و درد جسمی و روحی ،خلاص شوند.

نمی دانم واقعا کار ما انسانها دارد به کجا می کشد......؟

آیا برای به وجود آوردن شغل های جدید و پول ساز ، حاضر به انجام هر کاری هستیم.....؟

آیا برای امتحان داروهای جدیدی که ساخته ایم،نیاز به موش های آزمایشگاهی داریم...؟!،و چه کسی بهتر از انسانهای پیر که در صورت مرگشان هم ،کسی اعتراضی نخواهد کرد.

آیا واقعا کسی نیست که مثل من خواهان داشتن" کارت مردن "باشد، تا در صورت نیاز،بطور قانونی،بتواند بمیرد ،و جامعه او را مجبور به ادامه ی زندگی طولانی و پر از درد و رنج نکند........؟

آیا این اشکال دارد ،که من هرماه پولی بدهم ، و عضو " موسسه سفر به ابدیت " شوم ،تا در زمان پیری و ناتوانی جسمی و عقلی ، به خواست خود و قانونی،به زندگی ام خاتمه داده شود......؟

آیا این درست است که ، در زمان پیری و ناتوانی ،ماهیانه پول زیادی برای انواع داروها و مسکن ها و ویزیت دکترها و بستری شدن در بیمارستانها و آسایشگاه ها و خانه های سالمندان ، پرداخت کنم تا در نهایت ، مرا وادار به زندگی ای ،پر درد و رنج کنند،آن هم به مدت طولانی......؟!

آیا این اشکالی ندارد که ما در طبیعت دست ببریم و انسان پیری را که دیگر قادر به ادامه ی زندگی نیست، چه از نظر جسمی و یا از نظر روحی ، با استفاده از انواع و اقسام تجهیزات پزشکی مدرن ، نیمه جان، زنده نگه اش داریم ....؟، اما این ایراد دارد که در طبیعت دست ببریم و با تزریق یک مسکن آرام بخش و قوی، او را از این زندگی پر از درد و رنج خلاص کنیم ،آن هم به درخواست خودش ؟!

کدام قانونی گفته است که ، آنگونه می توان طبیعت را تغییر داد و مردن انسانهای پیر و ناتوان را با مصرف انواع داروها ، کند کرد و به تاخیر انداخت ، اما نمی توان اینگونه ،طبیعت را تغییر داد و مردن انسانها ی پیر و ناتوان را با تزریق دارویی دیگر ،سریع تر کرد، هرچند که همراه با رسیدن به آرامش،جسمی و روحی باشد و به انتخاب خودشان ......؟!

اگر ما انسانها ،بخواهیم اینگونه،خودخواهانه،دست در طبیعت ببریم و روند پیری و مرگ را کندتر کنیم،باید منتظر روزی باشیم که طبیعت

خود دست به کار شود و بطور سریع و دسته جمعی، این مرگ را برای پیران رقم بزنند.، چرا که طبیعت می خواهد خود را به تعادل برساند .،پس حداقل کاری که می توانیم برای حفظ این تعادل بکنیم این است که اگر به خواسته ی انسان پیری توجه می کنیم و روند پیری و مردنش را کند می کنیم، باید به خواسته ی انسان پیر دیگری هم که می خواهد داوطلبانه به زندگی یه خود به طور قانونی پایان دهد هم،احترام بگذاریم و به او هم در تسریع مردنش کمک کنیم.

" بخش شانزده "

اکنون می خواهم ، در خیال خود ،به آینده بروم و ببینم اگر همه چیز به خوبی پیش برود و موسسه ی " سفر به ابدیت " تاسیس شده باشد و "کارت های مردن "هم به متقاضیان داده شده باشد،حال که پس از گذشت سالها ،که ما پیر شدیم و خواستیم به آنجا بروبم تا اقدامات لازم را برای مردن مان فراهم کنند،بهتر است که چه ساختمانی ،برای این کار، طراحی شود.،البته این می تواند یک طرح اولیه باشد برای شروع.....،

چرا که مطمئنا در آینده کسانی با ایده هایی بسیار بهتر این طرح را تکمیل خواهند کرد.

خب،حال ببینیم چه ساختمانی برای این کار مناسب است، به نظر من می توانیم یک ساختمان سه طبقه داشته باشیم که هر طبقه،مخصوص عده ای خاص از مراجعه کنندگان باشد.،

مثلا ، پذیرش مراجعین، که فکر می کنم ،خوب است ،در طبقه ی همکف باشد.

بهتر است طبقه ی اول را به کسانی اختصاص دهیم که فقط بالای هشتاد سال دارند،کسانی که پیر و تنها هستند و دیگر علاقه ای به

ادامه ی زندگی ندارند.،در این طبقه اتاق هایی شیک و زیبا ،درست مثل یک هتل پنج ستاره خواهیم داشت ،و آنها خواهند توانست که حتی چند روزی در آنجا اقامت داشته و نزدیکان و دوستان به دیدنشان بیایند و با آنها خداحافظی کنند.

طبقه ی دوم را می توانیم به کسانی اختصاص دهیم که دچار زوال عقل ،آلزایمر،فلج کل بدن و ... شده اند.،این گروه نیاز به خدمات ویژه پزشکی ندارند و فقط نیاز به یک همراه و یا یک پرستار خواهند داشت.،این طبقه هم اتاق هایی به زیبایی اتاق های طبقه ی اول خواهد داشت و نزدیکانشان برای وداع با آنان خواهند آمد ،اما نمی توانند چندین روز در آنجا اقامت داشته باشند....،نمی دانم شاید هم بتوانند ،اما فکر نکنم خودشان علاقه ای به ماندن طولانی در این دنیا را داشته باشند.

اما در طبقه ی سوم کسانی خواهند بود که شاید تا هشتاد درصد از حواس خود را از دست داده اند و نیاز به خدمات ویژه ی پزشکی دارند، که این افراد فقط برای یک شبانه روز پذیرش می گیرند.، اما همین افراد هم در اتاق هایی زیبا جای داده می شوند تا حتی اگر اندک حسی هم داشته باشند ، و اندکی حواس پنج گانه شان

کار کند، قبل از مردن خود را در مکانی شاد و امن حس کنند.... و همراهانشان نیز با احساسی دلپذیر از آنان جدا شوند.

و اما زیرزمین که ،فقط کارکنان ویژه و تعلیم دیده حق رفتن به آنجا را خواهند داشت و فقط آنها می توانند با اثر انگشت خود وارد آسانسور های مخصوصی شوند که از هر سه طبقه فقط به سمت زیر زمین می رود و این راه فقط مخصوص حمل کسانی است که فوت کرده اند، و از طبقات به زیرزمین و بعد به ساختمان پشتی منتقل می شوند.

اما ساختمان پشتی کجاست......؟

در واقع این ساختمانی است که ازپشت به ساختمان اولی چسبیده است و فقط از راه زیرزمین به هم راه دارند، و اجساد پس از انتقال به این ساختمان ،آماده برای مراحل بعدی می شوند تا دفن اجساد.

این دو ساختمان، دو ورودی جداگانه، از دو خیابان جداگانه خواهند داشت که هیچ برخوردی بین کسانی که برای مردن مراجعه می کنند و همراهان کسانی که فوت کرده اند ،وجود نداشته باشد....،

فکر نکنم، صحیح باشد که، بین کسانی که با خوشحالی برای مردن وارد می شوند و بازماندگانی که گریان در انتظار، تحویل عزیز مرده ی خود هستند، برخوردی وجود داشته باشد.

و کسی هم که در این دنیا تنهاست و هیچ قوم و خویش و فامیلی ندارد،می تواند از قبل،با عضو شدن در "موسسه ی سفر به ابدیت "،برای تمام مراحل،کارهایش را از قبل انجام دهد، یعنی از زمانی که برای مردن وارد ساختمان جلویی می شود و بعد از مردن ،که به

ساختمان پشتی برده می شود، تا مرحله ی به خاک سپردن....همه و همه با برنامه و قدم به قدم ، توسط مجریان موسسه ،اجرا خواهد شد.

حال می خواهم خودم را در آینده ببینم که با عضویت قبلی و گرفتن وقت قبلی وارد این ساختمان شده ام ، می خواهم فرض کنم که فقط پیر و بالای هشتاد سال و تنها هستم ، هیچ وقت ازدواج نکردم و فرزندی هم نداشتم ، یا ازدواج کرده و همسرم را چندین سال پیش از دست داده ام و یا فرزندانی دارم که سالهاست در نقاط دیگر این دنیا زندگی می کنند و من هم در تنهایی خود و دیگر خود را از نظر جسمی و روحی،مناسب برای ادامه ی زندگی نمی دانم.،حال خود را می بینم که با استقبال آدمهای خوش برخورد و مهربان، پذیرش می شوم و مرا به اتاقم راهنمایی می کنند،اتاق بسیار زیبایی است که پنجره ای بزرگ ،رو به باغی سرسبز دارد،

آنگاه شاید بخواهم به یک یا دو دوست زنگ بزنم و از آنها خداحافظی کنم و شاید هم نه...!،شاید بخواهم به یک آهنگ گوش کنم و شاید هم نه....!، شاید دلم بخواهد برای آخرین بار غذای مورد علاقه ام را سفارش بدهم، شاید هم نه...!

برایم شام ام را خواهند آورد و ساعتی بعد ، شخصی که مسئول تزریق یک مسکن قوی و آرامبخش است، کار خود را به درستی انجام خواهد داد، و شاید تلویزیون را روشن کند تا چشمان و ذهنم درگیر دیدن صحنه

هایی زیبا از طبیعت و پرندگان شود ،و من همچنان که در حال دیدن هستم آرام آرام چشمانم بسته خواهد شد،ابتدا به خواب عمیقی فرو خواهم رفت و سپس برای همیشه به خواب ابدی فرو میروم.

صبح دکتری خواهد آمد و گواهی فوت را صادر خواهد کرد و بعد کسی که مسئول بردن من به زیرزمین است ،مرا با خود ، با آسانسور مخصوص به زیرزمین و از آنجا به ساختمان پشتی منتقل خواهد کرد و بعد هم مرحله به مرحله پیش خواهم رفت تا در جایی که از قبل تعیین کرده بودم ، مرا به خاک بسپارند.

باورم نمی شود که ،چنین روزی را خودم،تجربه کنم،این اوج آرزوی من است،چرا که همیشه با خود می اندیشم، آیا ما واقعا اختیاری در این زندگی ، و تولد و مرگ خود داریم.....؟

حال خوشحالم که روزی را خواهم دید که می توانم، به این باور برسم که ،اگر چه در

تولد خود هیچ اختیاری نداشته ام، اما برای زمان مردن خود در دوران پیری ،شاید بتوانم تا حدود زیادی خودم صاحب اختیار مردنم باشم.

"بخش بین شانزده و هفده"(الف)

شاید در آینده ای دور اگر موجوداتی از سیاره های دیگر ،از کره ی زمین دیدن کنند، با دیدن موسسات مختلفی که برای مردن انسانها،بطور آگاهانه در نظر گرفته شده ،به هوشمندی ،انسان ها پی بردند و برایشان جالب باشد که می‌بینند، انسانها این حق تصمیم گیری و انتخاب را دارند که می توانند در زمان پیری وناتوانی و از کارافتادگی،به خواست خود بمیرند و یا به خواست خود به زندگی ادامه دهند.،

و در گورستان ها سنگ قبرهای جدیدی خواهیم داشت که بر روی شان، نوشته خواهد شد، "تاریخ تولد" ،که تصادفی رقم خورده بود و "تاریخ مرگ "که از قبل تعیین شده بود.،

و هستند انسانهایی هم که، تصادفی خواهند مرد .، و البته ،این خیلی مهم نیست ،چرا که، این کاملا عادی است ،برای انسانی که تصادفی به دنیا آمده،تصادفی هم بمیرد.،اما این مهم است که دیگر،این مردن تصادفی ، شامل حال همه ی انسانها نخواهد شد.

" بخش بین شانزده و هفده" (ب)

گاهی با خودم فکر می کنم، آیا نباید تنهایی را هم نوعی بیماری به حساب آورد....؟

آیا تنهایی هم یک بیماری یه روحی نیست....؟!

آیا اگر خودمان بخواهیم تنها بمانیم ،دچار بیماری هستیم یا اینکه دیگران ما را تنها بگذارند....؟!

یعنی گاهی اوقات،مثلا در دوران پیری،ممکن است آدم پیر بخواهد با اطرافیانش در ارتباط باشد،اما این دیگران هستند که او را تنها می گذارند و گاهی این نادیده گرفته شدن و تنهایی طولانی ،خود سبب بروز بیماری یه تنهایی خواهد شد و "انسان تنها "، میل به ادامه ی زندگی را از دست خواهد داد حتی اگر از نظر ظاهری و جسمی کاملا سالم به نظر برسد.

و آیا جامعه، مردم، دولت و قانون، می توانند به این آدم پیر و تنها،اجازه دهند و کمک اش کنند که با آرامش و به راحتی این زندگی را ترک کند و بمیرد.....؟

بخش هفده "

چندی پیش در حال صحبت با یکی از دوستانم بودم که کاملا از افکار و عقایدم اطلاع داشت.، او پرسید: راستی آیا به اتفاقات بد و غیر قابل کنترل شده ای که،ممکن است، پس از اجرایی شدن ،ایده ات رخ دهد،فکر کرده ای..……؟

کمی فکر کردم و در جوابش گفتم: همانطور که ،هم من و هم تو و هم همه می دانیم ، همیشه بعد از مطرح شدن ایده و طرحی جدید و نو،معمولا اتفاقاتی رخ خواهد داد که گاه غیر قابل پیش بینی و غیر قابل کنترل هستند، و این اتفاقات ،گاه به ضرر انسانها و گاه به نفع شان خواهد بود،این دیگر بستگی دارد که چگونه از ایده های نو استفاده شود.،مثلا زمانی که انسانها چاقو را ساختند، و از آن به عنوان ابزار مفیدی در کارهایشان استفاده کردند، این دیگر از مفید بودن چاقو کم نمی کند، اگر عده ای از آن برای کشتن انسانهای دیگر استفاده کنند.

و یا کشف الکل برای خدمت به بشر بود،حال اگر عده ای آن را به حد افراط می نوشند و رانندگی می کنند و خودشان و دیگران را به کشتن می‌دهند ،اینها هم ،چیزی از مفید بودن الکل کم نمی کند.

و همین طور اگر مردی مثل هیتلر فکر جهانی شدن انسانها و ملت ها را داشت، و به این فکر بود که جهانی یکپارچه بسازد،بدون مرز.،اما از بدترین راه وارد شد وعده ی زیادی را قتل عام کرد.،این چیزی از ایده

ی مفید، جهانی شدن همه ی انسانها ی دنیا، کم نمی کند.

حال همین ایده ی من.، اگر عده ی زیادی از انسان های پیر و ناتوان و تنها ،آرزوی مردن داشته باشند آنهم قانونی و بدون درد و رنج،این اشکالی ندارد،ولی اگر عده ای سودجو پیدا شوند که برای رسیدن به پول و ثروت و ارثیه و بیمه عمر و.....افراد پیر خانواده را مجبور به مردن زود هنگام کنند ،این دیگر مشکل انسان های بد سرشت است که همیشه و در همه حال به فکر منفعت و سود خود هستند و این افراد سودجو، نمی توانند باعث شوند که کل یک ایده ی مفید زیر سوال برود .

دوستم اندیشمندانه گفت: می بینم که به همه ی جوانب ایده ات،کاملا فکر کرده ای....!

گفتم: درست است،مدت هاست که دارم فکر می کنم تا کار خطایی انجام ندهم،می دانی چرا......، چون من واقعا به اجرایی شدن این ایده ام برای پیری و تنهایی دوران پیری خود می اندیشم و آرزویی ندارم جز اینکه شاهد روزی باشم که قانون به عنوان یک انسان به من این حق انتخاب مردن را در دوران پیری بدهد و به من کمک کند تا در آرامش جسمی و روحی بمیرم، به پاس یک عمر خدماتی که به بشر و جامعه در طول زندگی ام داشته ام.، و مطمئنا نه تنها کاری نخواهم کرد که به ضرر خودم باشد و حتی آسیبی به من برساند بلکه می خواهم در کمال

شادی و خوشحالی این زندگی را که چند صباحی در آن مهمان بودم را ترک کنم .، فقط همین .، و حال اگر در آینده کسانی هم بودند که دوست داشتند ،این راه را انتخاب کنند من خوشحال می شوم که دنباله رو من باشند.

"بخش بین هفده و هجده" (الف)

خیلی خوشحالم که دارم این کتاب را با اسم مستعار به چاپ می رسانم،یکی از مهمترین فوایدش، این است که هر کس این کتاب را فقط برای نوشته هایش دوست خواهد داشت و یا دوست نخواهد داشت.!، دیگر کسی کاری به نویسنده ی کتاب ندارد.!

نمی دانید چه حس خوبی دارد که ناشناس بنویسید،تا خودتان تجربه نکنید نخواهید فهمید.، من به هر نویسنده ای پیشنهاد می کنم که یک کتاب با اسم مستعار بنویسد،آنگاه خواهد دید که نوشتن چه لذتی دارد. خیلی مهم است که دیگر تو را در هر جمعی نخواهند شناخت و همینطور مجبور نیستی برای کتاب ات به اینجا و آنجا بروی و سخنرانی کنی ،همین کاری که تازگی ها مد روز شده و من از آن بیزارم.،اصلا نمیدانم چه لزومی دارد این کار....در زمانه ای که همه در همه جا فقط سرشان در موبایل هایشان است و علاقه ای به شنیدن و حرف زدن ندارند.،زمانه ای که بیشتر کارها را با چشم انجام می دهند تا با زبان، و شاید در آینده ای دور ،به مرور زمان همه لال شوند و قدرت سخن گفتن را از دست بدهند، و فقط عده ی کمی این استعداد را حفظ کنند.، و مثل الان که ما به کنسرت می رویم تا آواز کسی را بشنویم،آنگاه فقط وقتی کسی حرف می زند،همه دورش را می گیرند و با تعجب به دهانش که

باز و بسته می شود و صداهایی از آن بیرون می آید، چشم می دوزند و گیج می شوند،که چه اتفاقی دارد می افتد...!

ببینم نکند حالا هم در همان زمان هستیم و خودمان نمی دانیم...! چرا تا جایی کسی دارد سخنرانی می کند و یک سری جملات در هم و برهم و بی معنا می گوید ،ما با دهان باز نگاهش می کنیم و سر تکان می دهیم و اشک می ریزیم.....آیا برایمان اتفاقی افتاده و خودمان خبر نداریم......؟! چرا که من بعد از گوش دادن یکی از همین سخنرانی ها با خودم گفتم: حال به تنهایی دوباره به همان سخنرانی گوش می دهم و جزء به جزء آنرا به دقت بررسی می کنم و این کار را کردم و با تعجب دیدم،که همه اش چرندیاتی بیش نبود، که فقط فضای آن سالن بزرگ سخنرانی و عده ی زیاد آدمها، مرا جادو کرده بودند،که تحت تاثیر قرار بگیرم و حرف های سخنران را باور کنم.

نمیدانم در آن کنفرانس ،واقعا چه اتفاقی افتاد که، من حرف های آن سخنران را باور کردم ، و بعد که به تنهایی چندین بار به آن سخنرانی ،گوش کردم ،چرا دیگر آن اتفاق، نیفتاد و نتوانستم حرف هایش را بطور منطقی بپذیریم .....؟!؟ آیا سخنران های حرفه ای فقط احساسات ما را با مهارت به بازی میگیرند.....؟

" بخش بین هفده و هجده "(ب)

فکر می کنم که دنیا مدتهاست که انگار در یک حالت ایستا ،ساکن و بی تغییر باقی مانده،یه ریتم تولد و مرگ تصادفی ما انسانها را بازیچه ی خود کرده و راه گریزی هم نیست.

شاید کسی پیدا شود و تغییری به وجود آورد،و ما را از این گردونه ی تکراری و تصادفی برهاند.

آیا باید همیشه این ما باشیم که در انتظار باشیم تا کسی بیاید و تغییری به وجود آورد ......؟

آیا فرق من و تو، با آن انسانی که همه منتظریم تا بیاید و تغییری ایجاد کند ،در چیست.....؟

چرا من و تو آن تغییر دهنده و شروع کننده نباشیم.....؟

" بخش هجده "

آخر هفته ی پیش به مراسم جشنی رفته بودیم،با گروهی از دوستان،که خیلی خوش گذشت......

این جشن در سالن بزرگ و زیبایی برگزار شده بود که در محوطه ی مسکونی ،سالمندان بود.

کمی پول بابت ورودیه پرداخت کردیم و وارد شدیم.، و هر کس برای خودش،هر غذا، میوه،نوشیدنی و خوراکی ،که دوست داشت،می آورد و میزی را انتخاب می کرد و می نشست. ،یک جور مثل همان پیک نیک بود، اما داخل یک سالن سرپوشیده.

هم می خوردیم و هم حرف می زدیم و می خندیدیم وگاه به موسیقی گوش می دادیم وگاه می رقصیدیم .

همه چیز خوب و عالی و پر از انرژی مثبت بود،یک محیط کاملا دوستانه و راحت.

شب دیر وقت به خانه برگشتیم،خواب عمیق و راحتی داشتم،اما فردای آن روز،حس بسیار بدی داشتم،انگار غم بزرگی بر قلبم سنگینی می کرد.، با خود به شب قبل اندیشیدم و لحظه به لحظه،تمامی دقایق شب قبل را در ذهنم بررسی کردم.،یعنی چه چیزی مرا چنین غمگین کرده بود......؟!

ناگهان به یادم آمد که، زمانی که ما دور میز نشسته بودیم و در حال صحبت و خنده بودیم، یک خانم پیر که عینک دودی به چشم داشت، از ما اجازه خواست تا بر روی صندلی اضافی و خالی ما بنشیند و ما هم با خوشرویی پذیرفتیم.

او که معلوم بود، از زندگی اش در این سن و سال و در این مجتمع سالمندان ،غمگین و دلمرده بود، ،شروع به صحبت کرد و از تنهایی اش گفت ،از درد های جسمی اش گفت ،از دید چشمانش گفت که روز به روز بی فروغ تر می شد و افسردگی اش و ......

شاید فکر کنید من هم که منتظر فرصت بودم،شروع کردم از ایده و طرحم برایش صحبت کردن، اما نه این کار را نکردم،به دو دلیل،اول اینکه نمی خواستم او را بی خود دلخوش کنم،چرا که این طرح تا اجرایی شدن راه درازی را در پیش داشت و متاسفانه به عمر آن خانم پیر نمی رسید ..،و دوم اینکه ،،قرار نیست که من فقط دنبال این ایده ام را بگیرم،شاید وقت آن رسیده باشد که شما هایی هم که بر این باور هستید،کاری کنید و برای دیگران از این طرح بگویید،شاید که زودتر اجرایی شود وهم خودمان و هم عده ی زیادی از آدمهای پیر و خسته، که ،از این زندگی طولانی و یکنواخت و زجر آور خسته شده اند را ،به آرامش روحی و جسمی برسانیم.،،

حال علت غم خود را می فهمیدم.، خود را لحظه ای بجای آن خانم پیر
گذاشتم و از تحمل درد و رنج و تنهایی او به خود لرزیدم.

" بخش نوزده "

شاید کسانی باشند که این سوال برایشان پیش بیاید ،که اگر قرار باشد،همه ی کسانی که پیر و ناتوان هستند و از بیماری های لاعلاج ،آلزایمر،فلج کل بدن و جنون و... رنج می‌برند، به خواست خود و قانونی،درخواست مردن داشته باشند،آیا این به تحقیقات و آزمایشات،دانشمندان و پزشکان لطمه وارد نمی‌کند......؟!

آیا در این صورت جلوی پیشرفت های علمی و پزشکی گرفته نخواهد شد......؟!

در جواب باید بگویم،همانطور که قبلا گفتم و باز هم تاکید می کنم ، گرفتن "کارت مردن" و مردن در زمان پیری و ناتوانی ،فقط یک حق انتخاب است که به هرکس که دلش بخواهد ،داده می شود تا از آن در زمان لازم استفاده کند .. و همانطور که می‌دانیم ،ما انسانها عقاید مختلفی داریم با انتخاب های متفاوت برای مردن خود در آینده .، و هستند کسانی که دلشان می خواهد،به همان سبک قدیم ،بدون برنامه ریزی برای آینده ی خود ، و حتی بدون اینکه به پیری و مردن خود فکر کنند به زندگی خود ادامه دهند..اینها همان کسانی هستند که نه وصیت می کنند، نه کارت اهدای عضو دارند،نه برای مراسم خاکسپاری خود

پولی کنار می گذارند و نه علاقه ای به "کارت مردن" دارند.، اینها

همان کسانی هستند که دانشمندان و پزشکان می توانند ،تحقیقات و آزمایشات خود را بر رویشان انجام دهند.

و می خواهم مسئله ای را برای کسانی که تا این لحظه، کاملا متوجه ی منظورم نشده اند ،عنوان کنم ،و آن این است که،فرض کنیم،من به سن هشتاد سالگی رسیده باشم و قبلا "کارت مردن" را هم دریافت کرده باشم،آیا اجباری هست که مرا وادار کند تا پس از رسیدن به این سن حتما بمیرم...؟

آیا اطرافیانم خواهند توانست مرا مجبور به این کار کنند......؟

آیا قانون یا " موسسه ی سفر به ابدیت" می‌تواند مرا مجبور به مردن کند...؟

در جواب باید بگویم، نه.،...هرگز.....

کسی که عضو" موسسه ی سفر به ابدیت " می شود و "کارت مردن " دریافت می کند.، فقط یک شانس به او داده می شود تا در زمان نیاز،حق انتخاب داشته باشد.او می‌تواند هر زمانی که خواست از این حق استفاده کند یا نکند، می تواند بمیرد یا بماند، درست به مانند کسانی که یک عمر کار می کنند و منتظر دوران بازنشستگی خود هستند تا استراحت کنند و دیگر کار نکنند، اما در این میان کسانی هم

هستند که بعد از دوران بازنشستگی دوست دارند ،باز هم کار کنند،این فقط یک حق انتخاب است برای ما انسانها.فقط همین.

" بخش ، بین نوزده و بیست " (الف)

تا اینجا من سعی کردم با نوشتن، به خودم و دیگران،ایده ام را معرفی کنم ،و قصد دارم این نوشته ها را بصورت کتابی منتشر کنم،این کاری است که از من بر می آید.، بعد از چاپ و انتشار کتابم، ماه ها و سالها منتظر خواهم شد تا ببینم چه می شود، من خیلی صبور هستم و همیشه به این معتقد بودم که اگر اتفاقی بخواهد بیفتد خواهد افتاد ،فقط کافی است کسی قدم اول را بردارد ، یا جرقه ای در ذهنی زده شود ،آنگاه آن جرقه ، کل ذهن های خاموش را روشن خواهد کرد ،دقیقا به مانند شعله ی آتش کوچکی که جنگلی را به آتش خواهد کشید.

" بخش بین نوزده و بیست " (ب)

می خواهم بعدها اگر لازم بود ،جلد دوم و بعد ،جلد سوم و.....این کتاب
را هم بنویسم،تا لحظه ای که این ایده ام واقعا اجرایی شود.،هرچند
که می دانم در این دوره و زمانه عده ی زیادی، علاقه به خواندن یک
جلد کتاب را هم ندارند،چه رسد به خواندن چند جلد کتاب.،چرا که
وقت و حوصله ی آدمها،کم و کمتر می شود و حتی روزگاریست که نامه
ها،ایمیل ها و پیام های تلفنی هم کوتاه و کوتاه تر می شود، تا جایی
که گاه فرستادن یک شکلک هم برایمان سخت شده است.....، انگار
که انسان پس از این همه پیشرفت در نوشتن و خط، دوباره می خواهد
برگردند به همان دوران عصر حجر، به همان دوران خط تصویری...،کار
به جایی دارد می رسد که کسی برای آگاهی از مرگ ،مثلا پدربزرگش
،دو شکلک ،پیرمرد و سنگ قبر دریافت خواهد کرد و خودش هم در
جواب،شاید یک شکلک گریان بفرستد که نشانه ی غم و اندوه است و
یا دو شکلک خیلی گریان بفرستد که نشانه ی اندوه بسیار شدید است.

در هر صورت ،با توجه به این که زمانه ی عجیبی شده،من به نوشتن
کتاب های چند جلدی خود ادامه خواهم داد، برای آن عده ی کمی که
هنوز به خواندن کتاب های چند جلدی علاقه دارند.

" یک بخش اضافی "

چند روز پیش یکی از دوستانم ،داشت از سگ پیرشان تعریف می کرد،که از بالای پله ها سقوط کرده و کمرش آسیب دیده بود،و او داشت می‌گفت: می خواهد به موسسه ای زنگ بزند تا بیایند و با تزریق مسکن قوی ،سگ اش را از این همه درد و رنج خلاص کنند.

من با تعجب پرسیدم: مگر چنین موسسه ای وجود دارد و قانونی این کار را می کنند.......!؟

او گفت: بلی....مگر نمی دانستی......؟!

با لبخند گفتم: نه که نمی دانستم.....!!

در حالی که جواب او را می دادم ،در ذهنم،جشنی بر پا بود و با خود می گفتم،حال که آدمها این همه روشنفکر شده اند که بپذیرند،حیوانی را که درد می کشد از درد و رنج خلاص کنند،پس دیگر راه زیادی برای،اجرایی شدن، همین کار برای آدمهای پیر و ناتوان و تنها باقی نمانده است،بعد اندیشیدم،چرا این به ذهن خودم نرسیده بود،چقدر همه چیز راحت تر و کم هزینه ترخواهد شد،چرا که واقعا دلم نمی خواهد ،مردم برای مردن هم هزینه ی زیادی بپردازند و جیب این موسسات

را پر از پول کنند.

پس فقط کافی است تا کسی در دوران جوانی به موسسه ی " سفر به ابدیت" مراجعه کند و" کارت مردن" را دریافت کند و ماهانه هزینه ی کمی پرداخت کند و زمانی که در پیری و ناتوانی و یا بالای سن هشتاد سالگی و تنهایی، اگر نیاز داشت که دیگر به زندگی ادامه ندهد و بمیرد.،با گرفتن وقت قبلی ،عده ای از موسسه " سفر به ابدیت " بیایند و در خانه ی خود آن شخص ، به زندگی او بدون درد و رنج پایان دهند.

دوستم که لبخند مرا دیده بود،پرسید: کجای این ماجرا ،لبخند را بر روی لبان تو آورده است.....!؟

با گیجی گفتم: من برای سگ تو واقعا متاسفم ،از اینکه او را از دست می دهی،اما به نظرم این بهترین کاری است که برایش انجام می دهی تا کمتر درد بکشد.،اما در مورد لبخندم باید بگویم که من به چیز دیگری می اندیشیدم و خیلی دور از اینجا

بودم.،و بعد همه ی ماجرا را برایش تعریف کردم.

لبخندی بر روی لبهای او هم ظاهر شد و به فکر فرو رفت.

با خودم گفتم: خوشحالم که قدم اول را در راه رسیدن به ایده ام برداشته ام و همینطور که دارم قدم به قدم جلو می روم،انگار راههای جدیدی

برایم باز می شود.، مثل همیشه.

" بخش بین ،بخش اضافه و بخش بیست "

در حال بازنویسی و پاکنویس،مجدد این کتاب بودم که متوجه شدم ،بطور ناخودآگاه در حال جابجا کردن بخش ها و بین بخش های ، کتابم هستم.

بطوری که،برای مثال ، " بخشی" را از اول به آخر و" بخش" دیگری را از وسط به آخر می برم و حتی "بین بخشی " را ، گاه از جایی به جای دیگر می برم ، گاه حذف می کنم و گاه نیاز می بینم که در جایی دو یا سه ،"بین بخش "داشته باشم.، گاه کاملا "بخش " و یا "بین بخشی " را بر می دارم و می گذارم کنار، برای جلد دوم کتاب .!

در حالی که از کارم متعجب شده بودم،اندیشیدم،این کارم درست به مانند کسی است که ،می خواهد،تابلو هایی را در یک گالری نقاشی ،بر روی دیوار در کنار هم بچیند و آنها را به بهترین شیوه ای برای بهتر دیده شدن،آماده می کند.

نمیدانم آیا طرز چیدن تابلو ها در یک گالری ،تاثیر بیشتری در دیده شدن تابلو های نقاشی خواهد داشت یا نه.........؟

آیا این کار من هم تاثیر بیشتری بر خوانندگان این کتاب خواهد گذاشت یا نه......؟

آیا اگر وارد یک گالری نقاشی شویم،مهم است که تابلو ها را یک به یک

از ابتدا به انتها ببینیم........؟

آیا این گونه، داستانی را در تابلو ها دنبال می کنیم که نظر نقاش است.......؟

آیا نمی توانیم،مثلا از انتها به ابتدا به تماشای تابلو ها بپردازیم و یا ناگهان از وسط گالری به تماشا ی یک تابلو پردازیم و یا اصلا تصادفی از تابلویی به تابلو دیگر برویم و آنهای را که دوست داریم اول ببینیم......؟

آیا اگر از ما می خواستند که تابلو های این گالری را بچینیم،چگونه می چیدیم،با سلیقه ی خود و علاقه ی خود......؟

شاید، در این زمان، من دوست دارم که این کتاب را این گونه آماده برای خواندن کنم، و شاید دفعه ی بعد جور دیگری بپسندم و شاید خوانندگان هم این یکی و یا آن یکی را دوست داشته باشند.

آیا تا بحال نویسنده ای کتاب پرفروشی نوشته و بعد همان کتاب را از زاویه ی دید دیگری نوشته تا ببیند چه اتفاقی می افتد و یا برعکس ،آیا نویسنده ای ،کتاب ناموفقی داشته ،که مورد توجه مردم قرار نگرفته، و بعد از زاویه ی دید دیگری نوشته و کتابش پرفروش شده و یا نه.....؟

در هر صورت این اتفاقی بود که برای این کتاب افتاد..،شاید اگر بار دوم و سوم هم بخواهم بازنویسی اش کنم همین اتفاق برایش بیفتد..،آخر

مگر می شود که کسی بخواهد دوباره تابلو های یک گالری را بچیند و در آن تابلو هایش را پس و پیش نکند و تابلوهایی را کم و زیاد نکند........؟!

خب اگر این کتاب می خواهد در این زمان ،من اینگونه بنویسم اش ، حرفی نیست،گاهی این نوشته ها هستن که نویسنده را در جهتی که می خواهند پیش می برند،هرچند که غیر عادی به نظر برسد .

در هر حال، در حالی که من به نوشته هایم احترام می گذارم،افسارشان را در دست دارم و "بخش ها "و "بین بخش هایش" را آنگونه که خود می خواهم درکنار هم می گذارم.،البته نه صد در صد.، می خواهم نوشته هایم فکر کنند،خودشان هم اختیاری دارند!،درست به مانند،همان بلایی که دارد سر ما انسان ها می آید و دلمان خوش است که خودمان در این زندگی اختیاری داریم ، در صورتی که افسارمان دست کس دیگری است و البته نه صد درصد.

" بخش بیست "

آرزویی دارم که شاید آرزوی خیلی از انسانها باشد.،می خواهم موسسه ای باشد که من به آن مراجعه کنم و کارتی دریافت کنم که بتوانم در زمان پیری و ناتوانی و تنهایی،بعد از هشتاد سالگی هر وقت که خود بخواهم، بطور قانونی ،بمیرم.

من این آرزویم را بصورت کتابی در آورده ام و این کتاب را در اقیانوس جهان هستی ،رها می کنم تا،ماموریت خود را به انجام برساند.

کتابم به مانند همان بطری مشهور است که کسی در اقیانوس رها کرده است و آرزو و ایده ام،همان کاغذ لوله شده است، درون بطری.،

بطری در آب شناور است و به هر سویی می‌رود تا کسی آن را بیابد و به درخواست ،"کمک"....،"کمک"....، آن ،جواب دهد.

من هم فعلا با نوشتن این کتاب ، دیگر کاری ندارم،جز اینکه منتظر بمانم و ببینم چه اتفاقی خواهد افتاد.،

آیا کسی به کمک من خواهد آمد.، یا من هم مثل هزاران گم گشته در اقیانوس، ناامید،جان خواهم داد....…؟

می دانم، اگر زمان اجرایی شدن ایده ام رسیده باشد،همه چیز دست به دست هم خواهند داد تا ایده ام به مقصد نهایی خود برسد و بطور قانونی اجرا شود .، درست به مانند موج سوارانی که بر امواج دریا سوار می

شوند و امواج آنان را به ساحل می رسانند .، اما اگر هنوز، مردم برای درک و پذیرش ایده ام به زمان بیشتری نیاز داشته باشند،اتفاقی نخواهد افتاد و اصرار و پافشاری من هم بی‌فایده خواهد بود.

شاید سالها طول بکشد و شاید هم خیلی سریع به نتیجه برسد و باعث خوشحالی ما انسانهایی شود ،که اینگونه می‌اندیشیم و می خواهیم برای مردن خود در زمان پیری،حق انتخاب داشته باشیم و مثل یک انسان بمیریم،نه مثل دیگر موجودات زنده،بطور غریزی، بدون اینکه بدانیم و بتوانیم کاری انجام دهیم، همچنان در چرخه ی بی توقف ،تولد و مرگ ، متولد شویم و بمیریم.......... و باز هم متولد شویم و بمیریم.

و آیا می توانیم ،اگر در لحظه ی تولدمان هیچ نقشی نداشته ایم و هیچ وقت هم نخواهیم داشت، برای مردن خود در دوران پیری حق انتخاب داشته باشیم.....؟

آیا از آن زمانی که ذره ای کوچک بودیم،سالها سپری نشده است.....؟ ،و آیا اکنون ما به اندازه ی کافی بزرگ و بالغ نشده ایم ،که اختیار مرگ یا زندگی خودمان را در دوران پیری بدست بگیریم......؟

آیا روزی من به آرزویم خواهم رسید که بدانم که می توانم دردوران پیری و تنهایی ،هر وقت که خودم بخواهم،بطور قانونی ، بمیرم....؟

" پایان "

t

"عفیفه صهبایی "

مرداد ماه ۱۴۰۰

لک فروست کالیفرنیا